搜神異寶錄
懸疑考古探險搜神小說
之12 傳國玉璽
婺源霸刀 著

目錄

第一章

地下金鑾殿

只聽得身後一陣「轟隆轟隆」的聲音，
圓形的牆壁裂開了一道門，從裏面傳出亮光來。
所有人都驚呆了，
呈現在他們面前的是一座金碧輝煌的「金鑾殿」，
其佈置與格局，與北平紫禁城內的「太和殿」一般無二。

民國三十四年三月十二日深夜。

婺源縣政府縣長辦公室內燈火通明。

汪召泉垂頭喪氣地坐在椅子上，連連問道：「怎麼辦，怎麼辦，你們說怎麼辦？」

警察局局長羅中明站立在旁邊，沉聲說道：「汪縣長，屬下我辦事不力，請你允許我辭職！」

汪召泉說道：「羅局長，不是你辦事不力，是日本人在狡猾，現在正是用人之際，你怎麼想辭職呢？」

羅中明說道：「我是覺得有愧於汪縣長的栽培！」

汪召泉說道：「羅局長，你這是說哪裏的話，什麼栽培不栽培，我汪召泉沒來婺源之前，你在這裏已經當了十年的警察局長，沒有人比你對婺源的情況更熟悉，怎麼找到現在，連一點日本人的蹤跡都找不到呢？」

羅中明說道：「我也覺得奇怪，那股日本人在婺源境內，居然比本地人還熟，我想婺源一定有他們的人！」

汪召泉說道：「你懷疑有漢奸在幫他們？」

羅中明說道：「胡會長派人帶信給我，他說小東門外的一家雜貨店老闆，是潛伏在婺源多年的日本人，我派人去查過了，那個雜貨店老闆已經失蹤了好幾天，也許正帶著日本人和我們繞圈子！」

汪召泉驚道：「潛伏在婺源十幾年的日本人，對婺源的每一個地方肯定很熟悉，要真是那樣，我們很難找到他們。」

羅中明說道：「這足以說明日本人的可怕！」

汪召泉說道：「不管怎麼樣，你一定要想辦法找到他們的蹤跡，但不要打草驚蛇！」

羅中明說道：「汪縣長，我想在每個鄉設立搜捕隊，可是我現在手裏的人不夠！」

汪召泉說道：「全縣十幾萬人口，青壯年有七八萬之多，難道還不夠嗎？你可以找各鄉長保長要人。」

羅中明笑了一下，說道：「有汪縣長這句話，我就好辦了，還請縣長下個公文，否則下面那些鄉長保長，不一定賣我的賬。」

汪召泉說道：「等下叫秘書室的人寫一份公文，蓋上章後讓你帶走！」

羅中明離開後，劉師爺走到汪召泉的面前，低聲說道：「汪縣長，我覺得事情有些奇怪！」

汪召泉問道：「你覺得哪裏奇怪？」

劉師爺說道：「我覺得羅局長說的話很奇怪。據我所知，羅局長是軍人出身，淞滬大戰的時候，在上海打過日本人。一直以來，他對日本人恨之入骨，也從來沒有提過一個怕字，可現在不知道為什麼，他居然說日本人很可怕！」

汪召泉起身走到一旁，說道：「這有什麼好奇怪的？那些和日本人打過仗的軍人，有幾個不怕日本人的？還有，日本人確實很可怕，居然從重慶把他弄到這裏來了，你也不想想，他是什麼人。幾年前他在贛州當行政督察專員兼區保安司令的時候，我們這些做下屬的，想見他一面都很困難，更別說把他弄走了！現在他在日本人的手裏，總裁能不有所顧忌嗎？羅局長怕日本人，其實我更怕日本人！」

劉師爺說道：「汪縣長，我不是那個意思！」

汪召泉問道：「那你是哪個意思？」

劉師爺說道：「汪縣長，這個羅局長帶著人在下面轉了那麼多天，憑他的能力，不可能一點線索都沒有，再說發到各村的通知也都早就下去了，那夥日本人不可能沒有一點蹤跡！」

汪召泉沉思起來：「你說的也有道理！」

劉師爺說道：「如果他見過日本人，並且和日本人達成了某種協定，那我們要救的人就更危險了！」

汪召泉問道：「此話怎講？」

劉師爺說道：「現在圍攻婺源的日本軍隊突然撤走，這裏面肯定有原因的，保安大隊的方隊長還沒回來，就說明情況並不樂觀，日本軍隊隨時都會發起進攻。羅局長拿到了那份公文，手上有那麼多人，每個鄉設立搜捕隊，實際就等於控制了全縣。一旦情況有變，他可是縣裏最有實權的人！」

汪召泉一聽劉師爺的這番話，額頭頓時溢出了汗珠，連忙問道：「那現在怎麼辦？要不派人把公文追回來！」

劉師爺說道：「這倒不必，等他把人調齊之後，縣裏再下一道公文，所有搜捕隊統一調到縣裏，由汪縣長你親自指揮，那樣一來，姓羅的就算有外心，也無可奈何！萬一日本人手上的人質有什麼意外，你可以把責任推到他的頭上，你最多弄個辦事不力的罪名，不會掉腦袋！」

汪召泉拿出手帕擦了擦額頭上的汗，說道：「要是人質真的有什麼意外，我能保住這顆腦袋就算祖宗保佑了。劉師爺，不管你用什麼辦法，只要能保住我們的命就行！」

劉師爺說道：「汪縣長，從你在贛州的時候，我就跟著你，算來也有七八年了，沒有你，哪來的我呢？」

汪召泉說道：「我真的後悔來婺源當這個縣長！」

劉師爺笑道：「汪縣長，你這話已經說了好幾遍了，現在後悔有什麼用呢？辦法我自然會替你想的，不過，我還想向你借一樣東西！」

汪召泉說道：「只要你有辦法保住我的命，要什麼東西你儘管說，只要我有的。」

劉師爺一本正經地說道：「我要你的大印！」

汪召泉驚道：「你要我的大印做什麼？」

劉師爺嘿嘿地笑了一會兒，低聲說道：「如果你想保住你的命，就乖乖把大印交給我！」

汪召泉忽然覺得劉師爺像變了一個人，一種從來沒有的恐懼深深攫住了他。

羅中明拿著蓋有縣政府和縣長大印的公文，離開了縣政府，上了停在門口的一輛吉普車，對司機說道：「去賣雞巷！」

賣雞巷是一條小巷子，由此可通往城北。吉普車在巷口停了下來，羅中明跳下車奔進巷子，到一戶人家的門前，整了整衣冠，輕輕敲了敲門。

門內傳來一個男人渾厚的聲音：「誰？」

羅中明說道：「是我，羅中明！」

裏面的男人說道：「進來！」

羅中明推門進去，見一個身體健壯的男人站在桌邊，桌上擺著一張婺源縣的地圖。在屋子的另一個角落裏，有一個電台，兩個人正緊張地忙碌著。他走過去，敬了一個禮，說道：「報告，我已經按你的吩咐，拿到了縣長的文書！」

那個男人轉過身，居然是劉勇國。他接過那紙文書看了看，說道：「你馬上以最快的速度，把全縣的青壯年組成搜捕隊，人越多越好，按我的計畫，將每個鄉公所的保安隊劃歸搜捕隊管！」

羅中明說道：「打過這一仗，各鄉公所保安隊剩下的人都不多了！方隊長留了不少人在週邊負責警戒，那些回來的都是一些傷兵！」

電台前的一個人起身道：「劉上校，他們的電台又在開始發報了！」

劉勇國問道：「在什麼方位？」

那個人走到地圖前，用紅色鉛筆在一個地方做了標記，說道：「大體的方位就在這裏一帶！」

羅中明看著地圖中的標記，驚道：「怎麼在考水？」

劉勇國說道：「你知道這個地方就好，你可以把搜捕隊的人秘密調到考水村附近的一帶隱蔽起來，但是千萬記住，絕不能打草驚蛇！」

羅中明說道：「現在知道了他們在那地方，我直接帶人過去就行，為什麼還……」

劉勇國打斷了羅中明的話，說道：「你不用多問，事關黨國機密，照我的話去做就行！」

「是！」羅中明敬了一個禮之後，轉身出去了。

劉勇國問那個人：「重慶那邊回電沒有？」

那個人說：「還沒有，要破解日本人的密碼，不是一件容易的事！」

劉勇國急道：「可是離二月二只剩下兩天了，要是再無法破解日本人的密碼，我們就無法知道日本人的行動目的，怎麼救人呢？你馬上給重慶去電，再催催！」

那個人說：「好，我馬上去電！」

劉勇國望著地圖上的標記，眉頭緊鎖，從重慶到婺源，他只花了兩天的時間，比苗君儒還早一天到。一到婺源，他立即秘密聯絡上了軍統局在婺源的負責人羅中明，充分瞭解了婺源當前的形勢。

離開重慶時，他的上級沈醉意味深長地對他說了幾句話：「我知道你的本事，憑你一個人的力量，應該能夠出色完成任務！」

作為一個軍統局的上校參謀，劉勇國並非浪得虛名，他從一個小小的軍統局特務做起，一直升到現在的位置，每一次提升，都是用命換來的。從上海到廣州，再從北平到哈爾濱，甚至是蘭州和新疆那樣的偏遠之地，他的足跡踏遍了整個中國。那些和他交手過的特務，有美國人和蘇聯人，也有共產黨人，但更多的是日本人。

他不願意跟共產黨人交手，除了共產黨人難對付之外，還有一點，那就是大家都是中國人，在國難當頭之際，不應該內鬥，而應該攜起手來一致對付日本人。可上級的命令，他不敢違抗，但他是精明人，在與共產黨人交手的時候，都會手下留情。由於他辦事利索，沒有落下什麼把柄，所以上面也不知道。

與日本特務交手，他是毫不留情的。淞滬大戰時，他獨自一人進入日本使館，偷出一份絕密檔案。正是這份檔案，使蔣介石在淞滬大戰的後期，成功撤出了進入上海郊區的軍隊，才沒有被日軍包了餃子。在瀋陽，他單槍匹馬衝進日軍關東軍駐地，連殺日本十六個高手，救出了被日軍抓獲的軍統局瀋陽聯絡處主任。武漢會戰期間，是他及時提供了日軍的兵力部署，才令武漢守軍提前做好準備，抵抗來犯之敵。每一場中日大戰都有他的功勞，正面戰場的背後，是一場場不見硝煙的戰鬥，其悲壯與激烈的程度，一點都不亞於血與火的戰場。由於他擅於化妝術，常以各種面目出現不同的場合，而且行蹤不定，令人無法捉摸，為此，他被日本特務稱為「鬼影」。日本特科處的高級特工小野一郎，苦苦尋找了他這個「鬼影」好幾年，居然連一點影子都沒有捕捉到。

日本的特務機構非常注重對特務的培養，據他所知，在抗日戰爭全面爆發之前，隱藏在中國境內的日本特務，就不少於二十萬人，大批的日本特務為日軍提供各方面資料。在淞滬大戰時，日軍高層對守衛上海的國軍，就連每個排長的名字都瞭解得一清二楚，更別說武器裝備和駐防情況了。這樣的戰打起來，哪有不輸的道理？

據他的經驗，日本特務非常注重組織性。所以在來婺源的路上，他就分析隱藏在婺源境內的日本特務絕對不止一個。

日軍從四個方向進攻婺源，若論作戰雙方的兵力與戰鬥力水準看，不要說一個團的正規部隊加上保安團，就是十個師的兵力，也無法擋得住日軍的進攻。

很顯然，日軍雖然是進攻，但並不真正進逼，而是在消耗縣城內的守軍及警備力量。日軍的作戰目的，是令那些活躍在婺源境內的日本人，有很大的活動空間。

從今天早上開始，圍攻婺源的日軍突然撤去，這就足以說明，婺源境內的那股日本人，已經不需要週邊日軍的支援了。也就是說，那股日本人自信能夠完成任務。

他與日本人打交道那麼多年，雖說日本人很狂妄，可這種狂妄並不是無知，而是建立在自信與能力的基礎上的。與日本人交手，他非常小心，稍有不慎，不但無法完成任務，連命都沒有了。

抗戰以來，死在日本人手裏的軍統局特務，不下五萬人。

羅中明作為軍統局的人，在婺源這麼多年，居然不知道婺源城裏有日本特務在活動。能夠解釋這種情況的，只有兩個可能。一是羅中明確實不知道，因為婺源並不具備軍事價值，婺源城內日本特務很少活動，隱藏得太深。他以前追蹤日本特務，都是從日本特務的活動跡象中去查找線索。如果對方不活動，那就無從查起。

第二種可能，他不敢去想，這麼多年來，軍統局內投靠日本人的特務不在少數，很多人都幹起兩面間諜的角色，對雙方都討好。雖然軍統局進行了一系列

「鋤奸」活動，殺掉了不少漢奸和投靠日本人的特務，可那樣並不能保證還有人投靠日本人。

當務之急，是要救人，而不是對付城內的日本特務。但是他相信城內的日本特務與那股日本人肯定有聯繫，只要找到城內的日本特務，就能找到那股日本人在婺源境內的藏身之處。可是現在，他不需要去找城內的日本特務。因為屋角那台美國最新的電台，既可以發報，也可以查出周邊一百里地域內任何一台電台的活動情況。

在婺源境內，總共有三台電台，根據電台的波段，他知道一台是國民政府的，在縣政府內，另兩台是日本人的，但不在縣城裏，而是在鄉下，其中一台在考水村附近，另一台則在古坦鄉，具體位置不太明確。

難道婺源縣城內的日本特務，把電台轉移到鄉下去了？

不管怎麼樣，他覺得有必要去一趟考水，會一會那個胡會長。因為羅中明告訴他，就是胡會長派人對羅中明說，縣城小東門外雜貨店的老闆是日本特務。

他很想知道，胡會長是怎麼知道那個人就是日本特務。

三月十二日深夜。

考水村。

胡德謙家。

外牆的院門和正廳的門都開著，門前分別站著四個背槍的鄉丁，門上方掛著兩個燈籠。正廳內八仙桌旁邊的太師椅上，胡德謙正襟危坐，旁邊站著游瞎子的兒子游勇慶。他的管家胡旺財至今還躺在床上，一時半會是起不來了。

除了村後街的明經書院和世德堂外，胡德謙的家是考水村最大的建築，這座建於乾隆年間的青磚碧瓦大宅子，有個很好聽的名字，叫執禮堂，正廳房樑上的那塊匾額，據說是大學士紀曉嵐的手筆。正堂中間掛著一副松竹梅三友圖，兩邊的木板牆壁上，掛著一些山水屏聯，一看就知道是書香門第。

自宋朝以來，考水村文風鼎盛，共出過進士二十多人，舉人兩百多人，五品以上官員三十多人，文人學者更多。

作為族長的胡德謙，只知道考水村的陽宅風水很好，正因為風水好，才會出這麼多人。上任族長留給他的那十六個字玄機，已經被他破解了八個字。

現在他知道，考水村的命運，已經與那個姓苗的人緊緊連在一起了。

日本人告訴過他，苗教授會來找他的。他相信日本人的話，只希望能夠快點見到苗教授。

他的兒子在日本人的手裏，天一亮就要帶東西去維新橋頭換人，可是現在離天亮只有兩三個時辰。如果苗教授還不來的話，就算他想拿東西去換兒子，可拿什麼東西去換呢？

他的小兒媳端著一碗荷包蛋，從堂後轉出來，來到他的面前，低聲說道：「爸，這是媽讓我給你做的，這兩天你都沒有好好睡，你……」

胡德謙斥道：「你去睡吧，別來給我添亂！」

小兒媳把碗放在桌子上，低著頭進去了。

從外面進來一個人，跑到胡德謙叫道：「德謙叔，我們在村口抓到一個人，他想見你！」

胡德謙叫胡德欣集中了村子裏上百個胡姓青壯年，組成村裏的保安隊，除了守護八卦墳外，還負責全村人的安全，村保安隊的人每五到八人為一組，分批巡視全村各處，遇到不認識的外鄉人，不管三七二十一，先抓起來再說。

胡德謙問道：「人呢？」

院門外傳來嘈雜聲，胡德謙抬頭望去，見胡德欣大步走了進來，身後跟著一個被繩子捆住的人，兩個村保安隊的人正推著那個人走。

那個人走路的步伐很穩健，西裝革履，臉龐輪廓分明，神色剛毅，特別是那雙眼睛，充滿著神秘與睿智，那微微上翹的嘴角，露出一抹冷笑。

胡德欣上前說道：「他是騎馬從大路來的，就一個人，我問他，他什麼都不說，只說要見你！」

那個人被推到胡德謙面前，他上下打量了胡德謙一番，問道：「你就是胡德謙胡會長？」

胡德謙說道：「不錯，請問你是誰，為什麼這麼晚要來見我？」

那個人問道：「你怎麼知道東門外雜貨店老闆是日本特務？」

胡德謙微微一驚，儘管他不認識這個人，可這件事他只派人告訴過羅中明一個人，這個人也許是羅中明派人的。當下忙對旁邊的人說道：「給這位先生鬆綁，你們都出去！」

胡德欣一愣，說道：「萬一他……」

胡德謙揮了揮手，說道：「你放心，他是來幫我的！如果他是日本人的奸細，絕不會一個人從大路來！」

胡德欣沒有再說話，將那人鬆了綁，帶人出去了。

胡德謙對站在身邊的游勇慶說道：「你也出去！」

游勇慶出去後，胡德謙對那人說道：「在這裏說話不方便，請跟我來！」

他領著這個人來到一間小廂房，把門關上，拱手道：「實在對不起，剛才我村裏的人真是多有冒犯，請你諒解！」

那個人笑道：「想不到小小的考水村，戒備居然比縣政府還森嚴，我總算見識了你會長的能耐！」

胡德謙說道：「哪裏哪裏，我也是沒有辦法才這樣的，請問你是不是苗教授？」

那個人一驚：「你說什麼，苗教授？」

胡德謙說道：「那個日本人告訴我，說苗教授會來找我，我認得他，他就是小東門外的雜貨店老闆。」

隨後，他將發生在維新橋頭的事情都說了。

那個人說道：「所以你就派人告訴了羅中明？」

兩人在茶几邊分主客坐下。胡德謙點了點頭，說道：「我現在是一點辦法都沒有了，只想苗教授快點來！」

那個人說道：「我也在找他，他應該已經到了婺源！」

胡德謙說道：「說了這麼多，還沒請問你的貴姓！」

那個人說道：「我叫劉勇國，你以後叫我劉先生就行了！」

胡德謙說道：「劉先生找他做什麼？」

劉勇國說道：「救人，救一個被日本人抓走的人！」

胡德謙說道：「劉先生，我知道你不是一般的人，你究竟是什麼人，我也不想過問，可是你想過沒有，日本人行蹤詭秘，根本沒有辦法查清他們的底細。我在上下幾個村子都布了眼線，可都沒有他們的消息，就是想救也沒有辦法呀！」

劉勇國說道：「據我所知，那些日本人就在這個村子的附近，他們也許藏在山上的哪個地方，你這周圍有什麼山洞或者廟宇什麼的？」

胡德謙一拍腦袋，說道：「哎呀，我都急糊塗了，離村西兩三里地的一個山谷裏，有一座小廟，那廟裏就兩個老和尚，原來是村東頭高峰古寺裏的和尚，民國初年一場大火把高峰古寺給燒了，原來的一些和尚都走了，就留下兩個。後來村裏出了一些錢，在那邊的山谷裏蓋了一座小廟，權且讓他們安身。兩個和尚平日只知道吃齋念佛，很少跟外面的人打交道，平時也沒有什麼人去，只有村裏有事的時候，才派人去請。近兩天村裏死了幾個人，死屍都放在祠堂的後堂裏，村裏遇上這麼多事，我想等救出我兒子，再給他們辦喪事！」

劉勇國說道：「也就是說，那些日本人最有可能藏在那座小廟裏。」

胡德謙說道：「我們這一帶都是土山，根本沒有洞，我想除了那裏，應該沒有別的地方了，我馬上叫人去那裏！」

劉勇國說道：「不急，如果他們真的躲藏在那裏，我們這麼帶人前去，不但救不出人質，還會把自己的命貼進去！」

胡德謙問道：「那怎麼辦？」

劉勇國說道：「你叫一個熟悉小廟情況，而且跟那兩個和尚熟的人帶我去就行，最好找年紀大一點的！另外，你幫忙找一套當地人穿的衣服來，我有用！」

「好的，我馬上去安排！」胡德謙出去後沒多久就進來了，手裏拿著一套舊衣服。他吃驚地看著坐在茶几邊的那個老頭子，若不是老頭子身上的那身西裝，他還真不敢相信這個人就是剛才和他說過話的劉先生。

化妝術是劉勇國的一大絕技，是他從一個京劇臉譜畫家那裏學來的，正是這手絕技，幫他多次出色完成任務，躲過了對手的截殺。

只要換上這身土布衣服，劉勇國就與當地的一個老頭子沒有什麼區別了。

他穿好衣服，對胡德謙說道：「胡會長，你放心，我一定能夠救出你的兒子！」

胡德謙說道：「劉先生，那些日本人很不好對付的，如果情況不妙的話，就立刻開槍鳴警，村裏會有人馬上趕過去支援的！」

劉勇國微微一笑，說道：「我要是需要你們支援的話，今晚就不可能來找你了！」

門外，胡德欣已經到了。

考水村西頭的青石板路上，出現了一個緩慢移動的火把。遠遠望去，依稀看出走在前面的，是一個身體健壯的中年人，跟在中年人身後的，是一個走路蹣跚的老頭子。

他們就是胡德欣和劉勇國。

在村西一間屋子的陰影下，胡德謙望著那漸漸遠去的火把，直覺告訴他，這個劉勇國絕對不是普通人。不看別的，就衝著那手以假亂真的化妝術，那絕不是一個普通人能夠辦得到的。在劉勇國穿衣服的時候，他看到劉勇國那支插在腰間的手槍，是一把美國造的M1911式四五口徑勃朗寧手槍。這種手槍的性能好，威力很大，近距離作戰一槍一個，毫不含糊。他幾年前去南昌參加商會會議時，有幸見到了江西省主席熊式輝，那些緊跟著熊式輝身邊的人，腰間插著的就是這種槍，而不是大家所認識的德國造盒子槍。當時有一個當過兵的商會成員，向他介紹了這種槍的來歷和性能，所以他認得。

這種槍也不是一般人能有的，有這種槍的人，那都是保護高層人物的人，個個能文能武，都有以一抵十的好功夫。

這樣的一個人，來婺源究竟要救什麼人呢？難道日本人的手裏，還有一個大人物？

他低聲對身邊的人說道：「留兩個人在這裏看著那邊，一旦聽到槍聲，就立刻帶人過去！」

儘管劉勇國說了那樣的話，可他仍不放心，畢竟他們才兩個人，俗話說雙拳難敵四手，就是再有本事的人，也抵不住對方人多。

看著那一點火光消失在山道的盡頭，胡德謙才懷著忐忑不安的心情回到家，坐在太師椅上，他沒有一點睡意，豎起耳朵，想聽到山谷那邊傳來的槍聲。可是除了守在門外的鄉丁發出的咳嗽和腳步聲外，並沒有其他異常的聲音。

卻說胡德欣和劉勇國沿著村西的石板路，拐進了一條山道。往前走了一陣，他指著前面山谷裏那黑糊糊的建築，低聲說道：「那就是了！」

劉勇國低聲說道：「這種時候，老和尚一定睡了，你去敲門，就說今晚村裏有個小媳婦生孩子，可一直都生不出來，公公連夜來求菩薩保佑！」

胡德欣低聲說道：「可是胡會長要我對他們說，村裏死了人要他們去念經！」

劉勇國低聲說道：「村裏的人是前兩天死的，就算要請他們去念經，也是白天來請，怎麼三更半夜突然來請，若我躲在廟裏，也不相信！」

胡德欣敬佩地望了劉勇國一眼，在這種時候突然到廟裏，這個藉口是最合適不過了，更何況，在這之前，也有女人生孩子生不出來，公公婆婆連夜到廟裏求神保佑的先例。不要說躲在廟裏的人，就是裏面的和尚，也不會懷疑。

胡德欣低聲說道：「村裏的滿旺叔是天生的啞巴，你是外地人，不會說本地話，最好的辦法就是裝啞巴。」

劉勇國乾咳了幾聲，表示同意。

來到廟門前，胡德欣走上台階，重重地拍門。過了好一會兒，裏面傳來聲音：「誰呀，這麼晚了有什麼事？」

胡德欣大聲道：「靈道法師，我是胡德欣，滿旺叔家的媳婦要生了，孩子到現在還沒下來，滿旺叔要我陪他來廟裏求菩薩保佑，你開門吧！」

他已經想好了，一旦情況不妙，就點燃放在腰間口袋裏的二踢腳，給村裏的人發信號。

破舊的木門「吱呀」一聲開了，一個滿臉滄桑的老和尚舉著油燈站在門內，當他看到胡德欣身後的劉勇國時，眼中閃過一抹詫異之色，隨即說道：「我和滿旺有好一陣子沒見面了，前陣子他上山砍柴，還在我這裏吃過午飯呢！」

無需多說，劉勇國已經明白了當前的情況，正如他想的那樣，那夥日本人就在廟內。這老和尚在這地方多年，豈有不認識滿旺叔的道理。

劉勇國抬起頭，朝靈道法師笑了笑，咿咿呀呀地比劃了一陣，算是打過招呼了。

「唉，這年頭兵荒馬亂的，連女人生孩子都不容易！德欣呀，你和他都拜拜菩薩，菩薩會保佑你們的！」靈道法師說完後，在前面引路，帶著兩人進了大殿。

說是廟，其實就是兩三間小房子，廳堂內稍微大一些，供著三尊菩薩。旁邊的兩間房子用來住人和堆放雜物，後面還有一間茅棚，是廚房和茅房。菩薩身上披著紅布，頭上用東西罩著，黑乎乎的也看不清楚。供桌上擺著一些供品，香爐裏面的香早已經燃盡。

靈道法師乾咳了幾聲，顫抖著點了幾支香，拜了幾下，插到香爐裏，接著站在案桌前敲起了木魚，口念佛號。

劉勇國望了望前面的三尊菩薩，雙手合什跪下就拜。胡德欣在他的旁邊，學著他的樣子拜起來，一副很虔誠的樣子。供桌上燭火發出微弱的光，朦朧地照著三個人的身影。

劉勇國雖然一下一下地拜著，但耳朵卻敏捷地搜索著周圍的動靜。除了窸窸窣窣的老鼠走動聲外，就是老和尚那敲木魚發出的單調聲了。奇怪，不是說有兩個和尚的嗎，怎麼只有一個？另一個和尚去了哪裏？

半夜有人急著前來求神，另一個和尚不可能安心睡覺的。除非，他不能起來。

一陣細微的腳步聲從身後傳來，劉勇國剛要回頭去看，突然覺得身體一麻，立刻失去了知覺。

胡德謙在家裏一直等著山谷那邊響起的槍聲，可等到天濛濛亮，槍聲就是沒有響，也不知道小廟那邊的情況怎麼樣了。

正要派人過去那邊看，卻聽有人跑來說，小廟那邊的山谷裏冒起濃煙。

他暗叫不好，急忙帶人往山谷裏趕，當他來到小廟時，火勢已經竄上了房頂，一番折騰之後，總算把火救了下去，可小廟已經完全燒掉了，只留下一些殘垣斷壁。幾個村保安隊員從火灰中扒出兩具燒焦的屍體，屍體燒得不成樣子，已經認不出是什麼人。

小廟後面上山的山路上留下很多腳印，胡德謙不敢叫人去追，山道崎嶇狹窄，不可能一擁而上。如果像劉先生那樣的人都死在日本人的手裏，就算這幾十個保安隊員全衝上去，說不定還不夠日本人打靶子練槍的。

他望著那條山道，對身後的游勇慶說道：「我等下寫一封信，你馬上去縣裏交給汪縣長，叫他派人來！」

游勇慶說道：「汪縣長肯見我嗎？」

胡德謙說道：「你說是我派去的，他會見你的！」

在他斜對面瑪瑙峰的山腰上，苗君儒和胡澤開等幾個人，正望著這邊。而在考水村東面的維新橋頭，兩個人正等在那裏。其中的一個，是他見過的雜貨店老闆。

程順生見情況不妙，不顧苗君儒事先對他說過的話，拔出手槍對準上川壽明勾動了扳機。

槍響了，上川壽明並沒有倒下。程順生大驚，自從參加革命後，在隊伍的幾十號人裏，他的槍是打得最準的，五十米以內打日本鬼子，從來不用刻意瞄準，抬手就倒。

可是現在，他與上川壽明的距離，不過十幾米，這麼近的距離，怎麼可能打不中呢？

兩個日本忍者持刀正要逼上來，被上川壽明喝住。

苗君儒長長地吁了一口氣，身體搖晃了一下，被水生扶住。

上川壽明對程順生說道：「麻煩你再來一槍！」

這倒奇怪了，哪有人求別人向自己開槍的？

苗君儒歎氣道：「我不惜用郭陰陽和我兩人的畢生功力和上川先生對抗，為的是保住陰陽柱的秘密，沒想到你那一槍，反倒讓他們知道陰陽柱的所在！」

程順生後悔不已，難怪那一槍的子彈沒有打中上川壽明，原來打在了他和上川壽明之間的那根隱形陰陽柱上。他後退了幾步，換了一個方位還想開槍，不料槍膛裏傳來「滴答」一聲，子彈卡殼了。

上川壽明說道：「我曾經替我自己算過，我不會死於槍下，因為能夠殺死我的子彈，還沒有造出來！」

磯谷永和對程順生惡狠狠地說道：「如果上川先生有什麼意外，我會讓你們整個縣的人為他陪葬！」

苗君儒低聲道：「程隊長，小不忍則亂大謀，別忘了之前我對你說的話！」

上川壽明沿著程順生開槍時與他站成的直線，一步步地往前走，走到正堂正中的位置上，他停住了，對苗君儒說道：「苗教授，陰陽五行相生相剋，金生水，水生木，木生火，火生土，土生金；反之，金克木，木克土，土克水，水克火，火克金。我說得沒錯吧？若不是剛才那一槍，我怎麼都沒想到，那根陰陽柱，就在我的身邊！陰陽柱是木，子彈是金。你也看到了，是那根陰陽柱替我擋住了子彈，也就是說，我們看不見摸不著的東西，用金屬就能讓它現形！磯谷君，你還在等什麼？」

磯谷永和一揮手，幾個身穿黑色緊身衣的日本忍者，持刀慢慢走上前，試探性的用刀背左右晃動，終於，眾人聽到了金屬碰到木頭的聲音。

刀可以碰得到，但是手仍摸不到。

上川壽明走過去，當著眾人的面撩開褲子，對著那地方撒了一泡尿。撒完後他笑道：「金克木，水生木，我這水可是正宗的童子尿！陰陽柱想隱形都不可能！」

那一泡尿撒完後，奇怪的事情發生了，一根粗大的木柱呈現在大家面前，與此同時，大家都聽到了一陣男女的哭聲，那哭聲顯得悲慘而無奈。

程順生低聲說道：「苗教授，我們怎麼辦？」

苗君儒低聲回答：「我也不知道怎麼辦，看情況再說！」

上川壽明圍著那根陰陽柱轉了一個圈，說道：「要想解開這根陰陽柱的秘密，就靠苗教授你手裏的那本經書了！」

苗君儒從懷裏拿出《疑龍經》打開，翻到做了記號的那頁，看了一下，說道：「上川先生，我到現在還沒有弄懂裏面的意思。」

上川壽明笑道：「苗教授，如果連你都解不開書上的玄機，就沒有人能夠解了！別忘了，你現在是一個一流的陰陽風水先生，你不覺得這根柱子立在這個方位，實在有些奇怪嗎？」

進來之後，苗君儒發覺這座祠堂不但規模巨大，造型別緻，更重要的是，祠堂的整體結構包含了五行之術，前三後二，左右相依。整個正堂的佈置，也是隱含了陰陽八卦的形狀，這根陰陽柱，就在八卦的離位上，離位正南，屬火。

陰陽八卦的起源，可以追溯到上古時代。八卦分別象徵自然界的八種物質，天地雷風水火山澤，是萬物衍生的物質基礎，其中以乾坤天地二卦為萬物之母，萬物生於天地宇宙之間，水火為萬物之源陰陽之基，風雷為之鼓動，山澤終於形成，有了山澤，生物開始滋生，生命開始孕育，人類因此繁衍。

八卦以陰爻「--」和陽爻「—」組合代表其性質。

八卦陣是由太極圖像衍生出來的一個更精妙的陣法。有一句話是這樣說的：「太極生兩儀，兩儀生四象，四象生八卦」。八卦陣法中八個卦象分含八種卦意：「乾為馬，坤為牛，震為龍，巽為雞，坎為豕，離為雉，艮為狗，兌為羊」，分別是八個圖騰的意思。

若按八卦陣勢推算，破此陣並不難，從正東「生門」打入，往西南「休門」殺出，復從正北「開門」殺入，此陣可破。但他知道，事情絕對不會那麼簡單，否則上川壽明這樣的玄學大師，也不會叫他來幫忙了。

《疑龍經》初看上去，是一部講解風水堪輿的書，可是當苗君儒仔細研究裏面的文字時，發覺整本書的文字隱含了「奇門遁甲」之術與陰陽八卦的玄機。

「奇門遁甲」由「奇」、「門」、「遁甲」三個概念組成。「奇」就是乙、丙、丁三奇；「門」就是休、生、傷、杜、景、死、驚、開八門；「遁」是隱藏的意思，「甲」指六甲，即甲子、甲戌、甲申、甲午、甲辰、甲寅。是中國最大的一門秘術學問，也可以說是世界上唯一可以如意控制對方命運的奇書，在古代中國它被稱為帝王之學，其中奧秘是極端守秘的，不得洩露於外人。因此，它深深地埋沒在歷史的淵底。由於它的可怕，師父只親口傳授弟子，單線傳下來，至今理解它的人非常少。

苗君儒以前也研究過「奇門遁甲」，發覺該書的精華之處，就是在探討自然界的磁性作用在每年、每月、每日每時中流動情形，從而尋找影響到萬物之靈的因素，達到知己知彼，制敵於先的目的。只是這「奇門遁甲」太過於精妙，絕大多數研究「奇門遁甲」的人，也只是略通皮毛而已，無法真正理解其精髓。

具體而言，「奇門遁甲」的本身就是九宮八卦陣。《黃帝陰符經》上講「八卦甲子，神機鬼藏」，即是說，「奇門遁甲」的神妙之處均藏在八卦和甲子之中。

由甲、乙、丙、丁、戊、己、庚、辛、壬、癸，這十個天干符號，與十二生肖為地支符號的地支而組合成天干地支。

「奇門遁甲」就是將天干地支按一定的規則組合在一起，構成一個以六十甲子為一個輪迴，融時空為一體，包括天、地、人、神在內，多維立體的動態宇宙思維模型，以模型中的時間資訊為主，進行系統思辨，從而達到預測萬事萬物、以利趨吉避凶的預測法。

每一個算命和風水先生，都略通九宮八卦與「奇門遁甲」之術。

苗君儒望著那根陰陽柱，隨著時間的推移，正如他所想的那樣，那根柱子的位置也發生了變化。

今天是一九四五年三月十三日，時間是一時廿三分。

干支為：乙酉年　己卯月　辛巳日　己丑時

旬空為：午未空　申酉空　申酉空　午未空

直符為：天沖

直使為：傷門

旬首為：甲申庚

他微微閉著眼睛，掐著手指推算起來。

剛才柱子所在的離位是正南，正是生門所在，現在慢慢移向了西南的坤位，那是傷門所在。

五分鐘後，他睜開眼睛，大步走過去，就在那柱子的旁邊轉了幾個圈。

腳下傳來一陣振動，隨著一聲巨響，正堂那放著供品的大香案，緩緩地向旁邊移開去，地下露出一個黑呼呼的大洞來。

上川壽明笑道：「苗教授，你果真沒有令我失望！」

苗君儒說道：「上川先生，你可別高興得太早，這密道之門我是替你打開了，可三十七分鐘後，入口會自動合上，而且打開的方式和方位都會發生變化，我們進得去，不一定能出得來！」

上川壽明笑道：「苗教授，我相信你的能力！」他接著一指程順生：「你先下去！」

苗君儒說道：「還是我先下吧！」

他從水生手上接過火把，向洞內走了下去。程順生和水生緊跟著他，卡特猶豫了一下，也跟了下去。

洞口下面是一條石板通道，有台階順勢往下延伸。苗君儒走在最前面，一手拿著火把，一手拿著那把佐官刀輕輕敲擊這面前的石板台階和兩邊的牆壁，若牆壁裏面或台階下面有機關的話，發出的聲音就不會那麼沉悶。

轉了三個彎，每個彎三層台階，共九層，每層九級台階，共九九八十一級。這座祠堂果然不同凡響，每一處地方都隱藏著帝王之數。

苗君儒清楚地記得這祠堂就在小溪邊上，而小溪的水面與祠堂正門第一級台階的高度，相差不過兩米，這八十一級台階走完，他現在所處的位置，最起碼在地下十幾米的深處，可是一路下來，所走的每一級台階，都顯得很乾燥，並不是他想像的那麼潮濕。南方比不得北方，地下水位很淺，特別是婺源這樣的山區，隨便找個平坦的地方挖下去，用不著一米深，一定有水冒出來。

當年是什麼人建造的這個工程，居然可以讓地下十幾米的地方如此乾燥，建築水準達到了匪夷所思的地步。

走完這八十一級台階，迎面是兩扇石門，門上各有一副浮雕的圖案，為左青龍右白虎，在兩扇石門中間的地方，有一個九宮八卦的圖形。

一個日本忍者走上去伸手推門，手剛一碰到石門，身體就軟軟的倒下，連哼都沒哼一聲。倒下後，屍體快速發生了變化，就像被什麼東西溶解了一般，在大家的眼皮底下，變成了一灘血水，深入到石板的縫隙之中，瞬間不見了。

死並不可怕，但是這樣的死法，卻令大家覺得頭皮發麻。

上川壽明冷笑了一聲：「苗教授，你剛才打開上面的那個入口，用的是破解奇門遁甲的方法，支那人的這點小聰明難不倒我！要想打開這道門，只要按下離位上的符號，就行了！」

有一個日本忍者上前，按住了九宮八卦圖上離位上的符號。一陣風吹來，那兩扇石門無聲地開啟了。門後是石板地，但石板的形狀不是四方的，而是呈梯形，很有規則地排列著。

上川壽明說道：「苗教授，請吧！」

苗君儒低聲對身邊的程順生說道：「慢慢跟著我的腳步走，千萬不要踏錯地方！」

如果石門後面的空間是圓形的話，那麼地上的石板，也一定按著九宮八卦陣的圖形排列。整個空間就是一個陣勢。

苗君儒似乎有一種不祥的預感，從祠堂上面下來後，走了八十一級台階，一直到這兩扇門邊，都沒有遇到一個機關。從他歷次考古探險所遇到的情況看，前面的機關越多，到最後越安全。反之，越到最後，機關越加兇險，越令人猝不及防，越讓人感到害怕。

剛才那個被機關殺死的日本忍者就是例子，誰都不知道他中了什麼機關，就這麼連骨頭都不剩下。

苗君儒要水生把帶來的松明，一塊塊地點燃後丟進去。松明落在門內的石板上，仍在燃燒，借著松明的火光，他看清了裏面的情形，正如他所想的那樣，整個空間是圓形的。

圓形的空間，九宮八卦陣。

九宮八卦陣並不是一個單純的陣勢，根據時辰的不同變化無窮。要想破陣，破陣人的功力不得低於佈陣人的功力，否則只有一個字：死！

苗君儒不想死，但他無法知道當年布下這個陣的人，究竟有多厲害。他從口袋裏拿出一塊石頭，隨手往裏面丟去，那石頭落在石板上後，一陣細微的羽箭破空之聲隨即傳來。幾支羽箭射到門上，落在他的腳邊。他撿起一支，見羽箭的箭頭烏黑，像淬了劇毒。一些古墓機關中的羽箭，也是淬有劇毒的，見血封喉，擦破點皮都別想活著走出去。

上川壽明在他身後說道：「要想破解此陣，只要找到陣門就可以了！」

苗君儒深吸一口氣，試探性的踏出左腳，慢慢將腳尖落在左邊第二層第三塊

石板上。他已經推算過了，那裏就是九宮八卦陣的生門入口。他的心提到了嗓子

眼，屏著呼吸，仔細傾聽著每一種異常的聲音。

其他人也跟他一樣，一個個神色緊張地看著他。

腳步踏實，並沒有異常。苗君儒呼出一口氣，右腳隨即跟上，落在左邊第三

層第五塊石板上，回頭對緊跟著他的程順生說道：「慢點，不要急！」

他這麼說，其實也是在告誡自己。

就這麼一步一步，終於走到了九宮八卦陣中間的陰陽太極圖上，他環視了一

下四周，突然間，他發覺自己犯了一個致命的錯誤。

程村。

程順生家。

胡澤開和幾個遊擊隊員圍著火盆烤火，大家都不說話，有兩個遊擊隊員相互靠著打起了呼嚕，另兩個遊擊隊員，正一聲不響地擦著槍。

已經半夜了，他沒有一點睡意，幾年的遊擊生涯，已經讓他養成了習慣，無論在哪裏，都保持著高度的警覺。和日本人打了幾天的仗，感覺很累，可再累的情況下，也不會大意和鬆懈。

他在村頭和村尾各放了兩個哨，一明一暗。這是他的慣例。有一次，縣保安隊長方志標帶著人悄悄包圍了他的宿營地，並殺掉了明哨，要不是躲在暗處的暗哨開槍示警，他和他那幾十名隊員，早就被方志標包了餃子。

苗君儒臨走的時候，要他保護好李教授的安全，現在李教授就在廂房裏的床上，睡得正香。

一個隊員擦好了槍，把槍斜靠在旁邊的椅子上，剛要起身，突然從外面傳來兩聲槍響。那兩個睡著了的隊員被槍聲驚醒，一把抓住身邊的槍。

胡澤開從椅子上跳起來，拔出槍，對兩個遊擊隊員說道：「你們在這裏保護李教授，沒有我的命令，不許出去！」

說完後，他帶著另兩個遊擊隊員衝了出去。剛一衝出屋子，迎面的風吹來，聞到一股很濃的腐臭。這天寒地凍的天氣，哪裏來的腐臭味？

大樟樹下跑過來兩個人，正是他安排在那裏的兩個哨兵，跑在最前面的那個游擊隊員，用一種近乎崩潰的聲音叫道：「隊……隊長，他……他……不是人……不是人……」

前面人影一閃，顯得比較高大，他內心一凜，大聲叫道：「是誰？」

這種時候，村裏人是很少在外面遊蕩的。若是自己人，自然會回答他的口令，就算是村子的百姓，也會用本地話應一聲。

那個身影並不搭話，反而以一種極快的速度向他衝過來。他來不及多想，槍口瞄準對方勾動了扳機。從槍口迸出一串火花，一梭子彈結結實實地射入了那人的身體。

那個人影似乎搖晃了一下，仍向前撲來。胡澤開一愣，扣住扳機，把槍裏的子彈盡數射了出去。儘管當時是晚上，周圍沒有火光，但經常走夜路的，確定他的子彈並沒有落空。

可子彈並沒有制止那個人影往前衝的步伐。

如果是正常人，不要說整整一彈匣的子彈，就是挨了一顆也會倒下。可那個人影居然一點事都沒有，而且已經衝到離他不足二十步的地方。

他身邊的兩名遊擊隊員也端槍射擊，他們清楚地聽到子彈射入對方身體的「噗噗」聲，可對方並不倒下，轉眼間，那人影離他們還不到十步。

他猛地想起苗教授臨走時對他說過的話，還有那件留下的東西。忙丟掉槍，從懷裏拿出一個八卦來，咬破中指，把血抹在八卦中間的陰陽圖上。

一道金光從八卦上射出，金光中，胡澤開看清那人的樣子，在死人堆裏滾爬過的他，見過各種各樣的屍體，可眼前這人的樣子，卻嚇得他出了一身的冷汗。

這根本不是一個人，而是一具高度腐爛的屍體，臉頰左邊的肉都已經爛沒了，看到裏面白森森的骨頭和牙齒，右邊臉頰的肉一坨坨的，像腫脹的膿包。身上披著古代人鎧甲，腳上穿著古代人的牛皮靴。最嚇人的是那雙眼睛，看上去像兩個小紅燈籠。

這可是民間傳說中的殭屍呀！

小時候聽過那麼多關於殭屍的故事，行軍打仗這麼些年，有時候在墳地裏過夜，也沒有遇到，想不到今晚倒還遇到了。

被金光這麼一照，那具殭屍發出一聲慘號，轉身就跑。胡澤開本想拿著八卦追上去，可一想起苗教授交代他的話，便不敢去追了。

那兩個放哨的遊擊隊員癱軟在地上，半天說不出話來，被另兩個遊擊隊員扶起來後，身體兀自還在發抖。

回到屋內，胡澤開收起那個八卦，說道：「把李教授叫起來，我們走！」

一個遊擊隊員問：「隊長，我們去哪裏？」

胡澤開說道：「黃村！」

那個遊擊隊員說道：「隊長，萬一那個東西在路上等我們，怎麼辦？」

胡澤開說道：「有苗教授留給我的這個八卦，不要說一具殭屍，就是來十具都不怕！」

他有些想不通的是，苗君儒好像知道會出現殭屍，所以事先教他用這個八卦，當時他還不相信，說整天在戰場上打滾的人，什麼屍體都見過，就是沒見過殭屍，現在他終於見到了。

苗君儒望著腳下的陰陽八卦圖案，想起了一個至關重要的問題，心裏暗暗叫苦。

九宮八卦陣的陣中心，稱為中宮，在「奇門遁甲」中，是該陣的「門」所在，破陣者在沒有完全找到破陣的「遁甲」法門之前，是不可以進入中宮的，否則陣法一變，機關啟動，處身於中宮的人，被八陣圍在中間，絕無生還的道理。

為今之際，就是利用「奇門遁甲」之術，在這九宮八卦陣中，把自己也隱遁起來，躲過機關的攻擊。他一個人也許還有辦法，可是現在站在他身邊的有三四個人，而且上川壽明和磯谷永和那些日本忍者，正踏著他的腳印走進來。也許過不了兩分鐘，所有的人都會死在陣內。

卡特見苗君儒的神色有異，忙問道：「苗教授，你怎麼了？」

苗君儒說道：「我們被困在這裏了！」

他這話一說出口，所有的人都變了臉色。上川壽明和磯谷永和的身形如大鳥般飛起，瞬間退回到門外。與此同時，大家覺得腳下的地面一陣顫動，眼見一塊塊石板相互之間移動起來。有兩個日本忍者站立不穩撲倒在地，隨即傳來兩聲慘叫。剩下的幾個日本忍者單腿而立，隨著腳下的石板轉動，雖暫時沒有性命之憂，但也嚇得不輕。待身形穩定後，才一躍而起，學著磯谷永和的樣子，退回到門外。

這一變故，將兩批人分開了。苗君儒他們幾個人站在八卦陣中間，看著周圍的石板不斷移動，而他們腳下的陰陽圖案，也隨著石板的移動在轉動。

苗君儒大聲道：「大家不要亂動！」

他閉上眼睛，苦苦思索著破解這個九宮八卦陣的方法。在古代的軍事戰略中，九宮八卦陣一但啟動，就會轉動不停，直到闖入陣內的敵人一個個被擊殺。

也就是說，如果陣內的人都死了，那些石板就會停止轉動。可是現在，他們幾個還活著。

整個空間是圓形的，沒有其他可站立的地方。和古代八卦陣不同的是，這個陣沒有「將台」。

「將台」就是軍隊將領觀看陣勢，控制全域的地方。而能夠看清整個八卦陣的，就是石門外。

他低聲說道：「無論我做什麼，你們都不要動！」

他說完後，縱身而起，足尖在那兩具日本忍者的屍體上一點，已經掠出了門外。

他在門環的內側，找到了一行小字，正是他在孽龍洞內見過的鳥篆，這上面的意思是三種動物，依次是馬、羊、龍。

在九宮八卦中，乾為馬，兌為羊，震為龍，莫非破陣的玄機就在那三個方位？

他掐指一算，抽出了那把佐官刀，縱身向裏面掠去。人在空中，刀尖向下，刺向第四層第四塊石板。那塊石板被刺中後，向下陷了下去。接著，他如法炮製，借力掠向另兩邊，刀尖分別刺中另兩塊石板。三塊石板陷下去後，整個九宮八卦陣停止了轉動。

他落在程順生的身邊，身上出了一身汗，剛才的那幾起幾落，他完全是拿自己的命在賭。

好在他贏了，要是他輸了的話，幾個人都會死在裏面。

卡特抹了一把額頭的汗，說道：「苗教授，我在非洲死人谷探險的時候，面對那些隨時要人性命的機關，都沒有現在害怕！」

苗君儒聽了卡特這話以後，眼中閃過一抹疑惑。他還來不及說話，只聽得身後一陣「轟隆轟隆」的聲音，圓形的牆壁裂開了一道門，從裏面傳出亮光來。

所有人都驚呆了，呈現在他們面前的是一座金碧輝煌的「金鑾殿」，其佈置與格局，與北平紫禁城內的「太和殿」一般無二。

所有的光線，來自「金鑾殿」兩邊的那八個燈籠。這種經久不息的燈，苗君儒在一些古墓中見過，燈裏面的燈油是用深海鮫人的油調製而成，可持續燃燒兩三千年之久。

裏面金光閃閃，不單是牆壁和柱子，就連地面也都是金黃色的。金鑾殿上方的龍椅上，有一具穿著龍袍的乾屍，乾屍的旁邊放著一個金黃色雕龍大盒子，九級金階的下方，齊刷刷地跪著十幾個身穿朝服的大臣，這些大臣朝服的式樣，與歷史資料上大順王朝的朝服一樣。從這些大臣身上的朝服花紋和顏色看，品階最低的是正三品。

李自成於一六四四年一月在西安宣佈成立大順朝，到一六四六年八月大順軍殘部被清軍和地方武裝消滅，前後三年的時間。但實際上，大順朝自成立開始，就沒有正正經經地行使過其統治權。這位目光短淺的農民起義軍將領，那種「山大王」的特質，使他不具有政治謀略和戰略目光，站在成功的巔峰，並不考慮如何鞏固其政權，而是耽於享樂、沉湎酒色，最終在瘋狂的掠奪之後，倉皇逃出了北京城，從此一敗塗地，再無翻身之日。

上川壽明哈哈笑道：「苗教授，我說得沒錯吧？一個小小的村莊，敢在地下建這座金鑾殿？我敢保證，李自成的寶藏就在這裏面。」

九宮八卦陣雖然已經停止了轉動，但只要有人走出陰陽圖，隨時都會觸動機關，並置人於死地。

苗君儒他們幾個人所站的地方，距離金鑾殿的入口有五六米，誰都不敢保證，這一段距離內不會再有什麼機關。

上川壽明從門口掠了過來，腳尖在幾塊石板上分別點了一下，借助反彈之力衝到了金鑾殿的入口。可他的腳尚未站穩，就聽到一陣利器破空之聲。

他的反應很快，瞬間退回到苗君儒他們站立的地方，臉色變得煞白。剛才那麼一下子，他已經在鬼門關轉了一遭。

那些暗器撞到石壁後落到地板上，苗君儒看清是一種弧狀無柄的圓刃，這種圓刃的邊角很薄，輕而易舉可將人削為兩截。

他望著苗君儒，說道：「如果我在二月二那天不能完成任務，所有的人質都要死！」

苗君儒冷笑道：「現在離二月二還不到兩天，也就是說，我要在這個時間之內，要幫你完成任務，否則我的兒子就要死？」

上川壽明說道：「完全可以這麼說！」

苗君儒似乎很無奈地看了卡特一眼，說道：「卡特先生，其實從被他們抓到的那一刻開始，我已經沒有了自己選擇的餘地。」

卡特說道：「苗教授，我把所有的希望都放在你身上了，別讓我失望！」

程順生說道：「苗教授，大不了和他們拚了，別讓日本人的陰謀得逞！」

苗君儒低聲道：「我何嘗不想和你們一樣，在戰場上殺個痛快？要想對付日本人，不一定在戰場上。」

說完後，他大步從陰陽圖案中走出，左四右六，前後相距一層，以丙午位立足，從丁辰位上經過，最後落在金鑾殿前面的一塊石板上，那是卯未位。

這一次，並沒有聽到利器破空之聲。

上川壽明緊跟著他的腳步，來到了他的身邊，低聲道：「不虧是苗教授！我算見識了你的博學！」

苗君儒說道：「也許你要的東西就在那龍椅上！」

兩人並肩往前走了幾步，並未發現有異常。苗君儒以為那些跪著的人都是乾屍，當他仔細端詳之後，才發覺是一個個的木頭人，木頭人的樣子雕得與真人一般無異，套上朝服，就成了大臣。兩邊的龍柱也雕得維妙維肖，上面刷了一層粉漆。

上川壽明看了金階前的好幾樣東西，雖然都是仿製的，但模擬度之高，完全出乎人的想像。他一步步地走上金階，每一步都很小心。

站在龍椅前，他一腳踢掉那具穿著龍袍的乾屍，乾屍落在地上，瞬間變成一堆灰燼，頭上的紫金冠也滾落在一旁。

他冷冷一笑，雙手去捧那盒子，一捧之下，大吃一驚。原以為這麼大的盒子，充其量不過十幾斤，而他的那一捧之力，不下八十斤，不料那盒子卻紋絲不動。想必這盒子是純金打造，要不然也沒有這麼重。據史書記載，當年李自成將所掠金銀諸器熔之成錠，千兩一錠，得數萬錠之多，說不定這金鑾殿地下的金磚，都是純金的。

大驚之下，他用盡全力，終於將盒子捧起。一陣機械轉動聲過後，他面前的龍椅從中裂開了兩半，金鑾殿兩邊的牆壁上，同時出現幾個大洞。

那些洞裏出來的不是暗器，而是水，強而有力的水，如摧枯拉朽一般，將金鑾殿裏的所有東西沖得七零八落，瞬間便沒過了腳背。與此同時，金鑾殿的大石門正緩緩關閉。

苗君儒暗叫不妙，閃身退出門外，回頭見上川壽明正抱著那個大盒子，站在金階上驚慌失措，忙叫道：「上川先生，快點出來！」

水勢來得很快，此時就算上川壽明走下金階，水位已經沒過了膝蓋，他手裏的盒子有一百多斤重，根本沒有辦法走快，等他蹚水走到門邊，石門早已經關上了。

他一急，反手打開盒子，見裏面是一個黃綾包著的小盒子，忙提了出來。小盒子很輕，也不知道裏面裝著什麼。但放在這純金盒子裏的，肯定是很重要的東西。

水勢漸漸漫過了那些跪著的大臣的肩膀，上川壽明如大鳥一般掠起，腳踩在那些大臣的頭上，在石門關上的最後一瞬間衝了出去。

外面的情形也不樂觀，程順生他們幾個人站立的陰陽圖，正在往下陷，門口的兩扇石門也在慢慢合攏。積水漫過了九宮八卦陣的石板，根本看不清石板的位置，若是貿然亂動，只有死路一條。

程順生把槍抓在手裏，打開了機頭，臨死前他還想拉幾個日本人墊背。

一個日本忍者從外面衝進來，慘叫了一聲之後撲倒在水裏。衝出金鑾殿的上川壽明並未停留，往牆上踢了一腳，借助反彈之力飛掠了過去，右腳在那死去的日本忍者身上輕輕一點，已經掠出了門外。

卡特緊張地叫道：「苗教授，救我！」

苗君儒學著上川壽明的樣子，借助牆壁的反彈之力來到卡特身邊。他一個人要想出去的話並不難，難的是怎麼樣把卡特他們三個人一同救出去。

站穩身體之後，他大聲對上川壽明說道：「上川先生，叫你的人幫忙接住他們！」

說完，他抓起水生，朝外扔了出去。磯谷永和踏前一步，穩穩接住了水生。

扔完水生扔卡特，當輪到程順生時，苗君儒沒有了力氣。在上面的祠堂裏，他用道家的「真血」，從上川壽明的手底救下了祠堂內的魂靈。

眼看那石門慢慢闔上，程順生急道：「苗教授，不要管我，你快走！出去後多替我殺幾個日本人就行了！」

苗君儒之前替程順生看過相，此人祖蔭厚德，宅基風水也好，從面相上看，更不是短命之人。但自古福禍相倚，看人相命，也不是絕對，有時候命運是可以轉變的。他的心一橫，心道：再賭一次。

他拉著程順生的手，說道：「不要慌，跟著我的腳步走！」

他憑著記憶，抬腳朝左前方邁出。

胡澤開和李明佑他們一行人，踩著泥濘的山道，走了一個多小時，來到黃村的村頭。一路上，並未再遇到那具殭屍，也不知殭屍跑到哪裏去了。

幾個人站在橋頭，正考慮怎麼樣在不驚動村民的情況下，悄悄進到百柱宗祠裏面，突然聽到橋下水流嘩嘩直響。

一到冬季，婺源所有溪流的水位都很淺，有的地方露出乾涸的河床，只有一線水在緩緩流動。雖然已經過了驚蟄，可還沒到開春時間，絕無漲水的可能。即使昨天下了一場大雪，雪水融化，也不可能會有如此大的流水聲。

胡澤開舉著火把朝橋下看了看，見橋下的水流得很急，而且露出了橋墩墊底的大石頭。他「咦」了一聲，覺得很奇怪。他有一次受傷，躲在黃村一戶人家養了一個多月，對這地方的地形很熟悉。離黃村下去兩三里的地方，有一個清朝初年修建的堤壩，這樣一來，堤壩以上的水位，就是再淺，這橋下的水還有一人多深，可現在，橋下的水正急速往下流去，嘩嘩的流水聲，是水流撞擊橋墩發出的。

難道下游的堤壩倒了？

那堤壩有幾百年了，一直都很穩固，就算要倒，也應該在梅雨季節被山洪沖塌才是。胡澤開揮手道：「走，我們沿河邊下去看看！」

一個遊擊隊員說道：「隊長，我們不進村了？」

胡澤開指著河邊小路上留下的腳印說道：「這腳印還很新鮮，說不定是日本人留下的！大家做好戰鬥準備！」

循著腳印走了沒多遠，腳印沒了，河邊的土堤上，有上下爬過的痕跡。胡澤開望著對面的百柱宗祠，低聲說道：「他們還挺聰明的，不敢從村裏過，怕驚動村裏的人，從這裏撐竹排過去了！」

河裏的水位很淺，但流勢很急。李明佑說道：「胡隊長，我們到底要去哪裏？」

胡澤開說道：「先去下面看看，老鼠，你在這裏等，一有情況，只要不是自己人，就立刻給老子開槍！」

「是！」一個精瘦的遊擊隊員答道。

胡澤開一手持著火把，一手持槍，走在最前面。

沿著河邊往前走不了多遠，拐過一道山腳，就聽到一陣巨大的水響，水響聲就來自前方的河灣中。

胡澤開驚道：「那裏怎麼會有聲音呢？」

河流從黃村流經這裏，沿山腳繞了一個彎，形成一處很寬很深的水潭，水潭兩邊的河岸上長著高大的樹木，使這地方越發顯得陰暗。這水潭到底有多深，沒有人知道。民國初年的時候，有人從這裏釣出了一隻十幾斤重的老鱉。老人們看了老鱉身上的條紋，都說這老鱉最起碼在潭裏生活了幾百年，馬上就要成精了。更有人說，十幾斤的老鱉算什麼？水潭裏還有更大的，每年的梅雨季節裏，當大水漲到水潭邊那塊巨石上的字，水潭裏都會發出很響的聲音，有運氣的人，就能看到一隻比大鍋蓋還大的老鱉，足有上百斤重，懸浮在水面上飄來飄去，老人們都說是老鱉精在吸取天地靈氣呢。

那水潭下面有個暗洞，直通東海，裏面住著一窩鱉，鱉子鱉孫不知道有多少呢。那隻被釣出來的老鱉，最終被人放回到水潭中。

關於水潭老鱉的神話傳說，還有很多個版本。

蔣介石打孫傳芳那年，一個外地人走路經過那裏，吊死在河邊的大樟樹上，從此水潭那地方充滿著種種神秘的色彩，成為上下幾個村子的「禁區」，平常沒有什麼事，都沒人敢靠近。

胡澤開他們都是在死人堆裏爬過的，自然不相信那些神怪傳說，幾個人來到河灣處，站在一根大樹下。在火把光線的照射下，他們驚異地看到河灣的正中出現一個巨大的漩渦，聲音正是那漩渦發出來的。

一個遊擊隊員低聲問道：「隊長，會不會是……」

「我就不相信有什麼老鱉精會作怪！」胡澤開說完，抬手朝漩渦開了一槍，槍聲傳出很遠。

水面上並沒有什麼異常，漩渦仍是那麼大，似乎要把整條河的水全吸進去。

胡澤開從身上拿出一顆手榴彈，擰開蓋子拉了弦，用力朝那漩渦丟了過去。一聲沉悶的聲音過後，似乎看到那漩渦的水面顫抖了一下。

也許是那顆手榴彈確實起了作用，眾人看到那個大漩渦漸漸消失了，水面漸漸恢復了原先的平緩，彷彿什麼都沒有發生過。

胡澤開哈哈笑道：「老鱉精也怕死，一顆手榴彈下去，什麼事都沒有了！」

幾個人又看了一會兒，見再也沒有異常的情況發生，便開始往回走，才走沒有多遠，就聽到黃村那邊傳來一聲槍響。胡澤開叫道：「不好，出事了！」

九宮八卦陣內。

苗君儒憑著他的記憶，拉著程順生的手，已經走完了第四步，再有兩步，就可以到達門邊。但是水勢已經漫過了他們的腰際，那兩扇石門也漸漸合上。

在這關鍵的時候，上川壽明解下腰帶拋了過來，叫道：「快接住！」

苗君儒一手抓住腰帶，一手抓著程順生，在腰帶的牽引下，踩水游了過去。在石門關上的那一霎那，險險通過。

石門一關，再也沒有水流出，地上的積水也滲入了石板縫中，不消片刻，地面石板上水跡消失不見，和他們進來的時候一樣乾爽。

苗君儒對上川壽明說道：「謝謝！」

上川壽明微微一笑，說道：「苗教授，別忘了你們欠我兩條命！」

程順生罵道：「誰要你救？還說我們欠你兩條命，你們日本人在我們中國殺了那麼多人，欠我們多少呢？」

苗君儒冷冷說道：「上川先生，我不會拖欠人家人情，放心，會還你的！」

當他們沿著原路返回時，還沒上一層，就見上去的路被一塊很人的石板蓋住，無法上去了。時間早已經過去了三十七分鐘，原路已經被機關封閉，唯一要做的，就是另找出口。

他們幾個人所處的地方，是一個高不過三米，寬不過兩米，長不過六米的空間裏。如果這個空間是全密封的話，幾個人熬不過一個小時，就會因缺氧而死。

他明顯看到水生手裏的火把漸漸暗下去，感覺胸口越來越悶，忙大聲道：「只留一個火把，把其他火把滅了！」

上川壽明問道：「苗教授，我們怎麼出去？」

苗君儒說道：「一定有出路的，也許出路就在你手裏的盒子裏！」

上川壽明笑道：「你無非是想看看這盒子裏是什麼東西，我們現在是一條船上的人，好，我讓你看！」

他在眾人面前打開黃綾，取出小盒，小盒的開合處有一個精緻的小鎖，他只用兩個指頭輕輕一撚，小鎖斷為兩截，右手按住盒蓋，正要開啟，突然聽到苗君儒叫道：「慢著！」

上川壽明驚道：「怎麼了？」

苗君儒說道：「那把小鎖是要用鑰匙開啟的，你太衝動了，你雖然是玄學大師，可不懂……」

他的話音剛落，只聽得「碰」的一聲，上川壽明手裏的小盒子自動彈開，他大驚失色，忙盡力把水生和程順生他們三個人按倒在地上。

上川壽明看到盒子自動開啟，也知大事不妙，想把盒子丟掉。還沒等他丟出去，從裏面噴出一股煙霧。他忙憋住呼吸，眼見身邊的兩個日本忍者倒在了地上。隨之眼睛一陣劇痛，便什麼都看不到了。

那些穿黑衣服的日本忍者都已經死光，就剩下上川壽明和磯谷永和兩個人。磯谷永和退到一旁，單手持刀，目光警惕和兇狠地望著苗君儒他們。

那個小盒子就掉在苗君儒的腳邊，從盒子裏滾出一個鴿卵大的發光珠子。

卡特叫道：「夜明珠！」

磯谷永和一個箭步衝過來，把珠子搶到手裏。

那盒子裏還有一頁紙，苗君儒起身上前拿出來，展開一看，見上面有一行鳥篆文字：龍行天下，倚珠則靈。

他心道：原來盒子裏的夜明珠是傳說中的龍珠，這顆龍珠與孽龍洞的孽龍，一定有很大的關係。龍無珠則無靈。沒有了靈氣的龍，與死龍沒有區別。

也就是說，要用這顆龍珠去孽龍洞中，把孽龍釋放出來，然後利用傳國玉璽，也就是御封龍印，施展玄天大法，就可以找到真正龍脈的所在了。所以日本人也要尋找傳國玉璽。

令他有些不解的是，傳國玉璽、龍珠、孽龍洞，居然都在這個並不起眼的山區縣城內。離二月二的時間所剩不多，從距離上推斷，龍脈就算不在婺源，最多就在婺源的周邊地區。

依上川壽明在玄學上的造詣，應該早就算出龍脈大致的方位，想要徹底找到龍脈的龍穴部位，就必須借助其他的力量。

所以，上川壽明要把那幾種條件集中，只等時辰一到，就立即實施計畫。

那個神秘的白髮老人，應該是上川壽明的什麼人。從功力上判斷，白髮老人的功力，比上川壽明還高出一倍以上。

也許那個白髮老人，才是要對付的真正對手。

磯谷永和一手拿著龍珠，一手攙扶著上川壽明，對苗君儒說道：「如果天亮之前我們還沒有出去的話，你的兒子就得死！」

苗君儒說道：「為了能夠保住中國的龍脈，死幾個人算什麼？我早就想好了，大不了和你們死在一起。」

上川壽明忍著疼痛說道：「除了你兒子外，上面整個村子的人都得死，大大小小一個都無法倖免！苗教授，我想你不願意看到那樣的慘狀出現吧？」

苗君儒說道：「在孽龍洞中，我就聞到了一股腐屍的臭味。想不到堂堂的玄學大師，居然用旁門左道之術，訓練了一具活殭屍！」

上川壽明呵呵大笑：「苗教授就是苗教授，什麼事都瞞不過你。如果我沒有猜錯的話，你應該和我的鬼魅山魃交過手，對不對？」

苗君儒笑道：「原來那時上川先生就在樹林裏看著我和那具活殭屍拚鬥？」

上川壽明說道：「你錯了，當時鬼魅山魃是追著那幾個支那人去，可惜我當時並不知道他在和你交手，要不然的話，也不會讓你把傳國玉璽的秘密帶到重慶！」

水生手裏的火把已經漸漸熄滅，只有磯谷永和手中的珠子發出淡藍色的光。

卡特說道：「苗教授，我們得想辦法出去。別忘了他們還有一個很重要的人。」

苗君儒自然知道卡特所說的，是那個白髮老者。可是眼下的情形，四周都是硬梆梆的牆壁，怎麼樣尋找出口呢？

也許當年設計地下金鑾殿的人，根本就沒有想過，要給困在這裏的人留一條後路。

除非，再次打開那兩扇石門，看看能否從九宮八卦陣中，找到出去的方法。

但是那兩扇石門重新打開後，結果會怎麼樣？

沒有人知道。

第二章

祠堂魅影

方志標緩過勁來，從一個保安隊員手裏奪過槍，
對著不遠處一個飄忽而過的黑影開了兩槍。
一陣金屬破空之聲過後，身邊兩個保安隊員倒下。
地上手電筒並未熄滅，他看到保安隊員的額頭和胸口，
插著幾支模樣怪異的飛鏢。

胡澤開帶著手下的人，和李明佑一起回到黃村的村頭，見地上有一支槍，那個外號叫「老鼠」的遊擊隊員卻不見了。

他撿起地上的槍，在旁邊的泥地裏，發現了一顆彈殼。

槍是老鼠開的，他肯定是看到了不該看到的東西。

胡澤開想起在程村遇到的那具殭屍，後悔沒有把八卦給老鼠留下。每一個遊擊隊員把槍視為生命，若老鼠還活著，是不會輕易丟掉槍的。

在這裏，並沒有老鼠的屍體，也沒有任何血跡。老鼠到底去了哪裏呢？

幾個人朝著村子喊了幾聲，可沒有任何回音。

「走，到村裏看看！」胡澤開說道。他不敢再把人分開了，以免又有人發生意外。

七天前，黃村的保長死在夫妻嶺那邊，是他派人把屍體抬下山的。平時他帶著手下的人，在皖浙贛山區打遊擊，沒少與一些村子的保長打交道。雖說有不少土豪劣紳很壞，但也有些人是很開明的。作為村子的保長，只想保住一村之民平平安安的不被騷擾，不想與遊擊隊做對，像浙源那個叫詹永誠的保長，還暗地裏和遊擊隊有聯繫，縣裏的保安團還剿「匪」，都事先派人通知山上的遊擊隊。對那些土豪劣紳和堅決與遊擊隊做對的人，遊擊隊是不會輕易放過的。這幾年來，他就親手槍斃過幾個作惡多端的保長。

幾個人進了村，看到每家每戶門前倒豎著的掃把。一個遊擊隊員低聲說道：「隊長，今天好像是那個保長的頭七！」

胡澤開笑道：「頭七怕什麼？他們的屍體還是你們幫忙抬下山的。他們要是有靈，感謝你們都來不及呢！」

照以往的經驗，夜晚進村，村裏的狗都會叫的。可是他們走了好一會兒，也沒有聽到一條狗的叫聲，難道村裏的狗全死光了？

他想起小時候老人說過的話，狗是最有靈性的動物，是生人熟人，老遠就認得出來。晚上狗叫，如果不是看見生人，就是看到了不該看到的東西，如果那東西太猛，壓住了狗的靈性，狗就叫不出來了。

老人所指的東西，不是人類，也不是牲口或山上的野獸。什麼東西能夠猛到不讓全村的狗發出叫聲呢？胡澤開想到這裏，身上的汗毛都豎起來了，連忙從懷中拿出那個八卦，咬破中指血，抹在八卦的陰陽鏡上。

其他遊擊隊員見胡澤開那麼做，一個個把槍提在手裏，打開保險，手指勾在扳機上。

李明佑低聲問胡澤開：「胡隊長，是誰教你這麼做的？」

胡澤開說道：「是苗教授，就在你睡覺的時候教我的，我還不相信這世上會有那東西，沒想到真的有！李教授，你不知道那具殭屍有多嚇人，連槍都不怕，要不是有苗教授教給我的方法，我們都不知道該怎麼辦。」

李明佑問道：「你怎麼沒有對我說？」

胡澤開說道：「你也沒有問我呀！再說那種事情怎麼能夠亂說？」

李明佑問道：「苗教授現在在哪裏？」

胡澤開說道：「不知道，不過他說他會到黃村的祠堂裏，和日本人一起！」

李明佑問道：「他怎麼能夠和日本人在一起？」

胡澤開說道：「我也覺得很奇怪，當時就問過他，他說這事沒辦法解釋。我們的任務是保護他的安全，其他的也不好多問。」

李明佑問道：「你說要保護他的安全，可是你現在並不在他的身邊呀！」

胡澤開說道：「有程隊長在他的身邊就行了！我和程隊長分工，他保護苗教授，我保護你！」

穿過了村裏，來到祠堂前，見祠堂的門大開著。

在祠堂的門口，他們找到了幾塊未燒盡的松明，證明水生他們確實來過這裏。可是祠堂內靜悄悄的，什麼聲音也沒有。人都到哪裏去了呢？

「隊長，你看！」一個遊擊隊員驚叫起來。

在祠堂大門內側的地上有一隻布鞋，胡澤開認出是老鼠腳上穿的，他大步走進祠堂，看到老鼠就倒在前面的門檻邊。他上前扶起老鼠，連連叫了幾聲，老鼠一點反應都沒有，頭軟軟地耷拉著。他用手指在老鼠的鼻樑下一探，探不到半點氣息。

「媽的，誰殺了我的同志，我跟你們拚了！」胡澤開拔出槍衝進祠堂內堂。

幾人在祠堂裏轉了好幾圈，半個人影都沒有，不過地上有些未燒盡的松明。

一個遊擊隊員低聲說道：「隊長，聽說這個百柱宗祠很邪門的，有一根隱形的柱子……」

胡澤開吼起來：「你都跟著我在鬼門關轉了好幾回了，還怕什麼鬼嗎？我告訴你們，老鼠是被人扭斷了脖子殺死的，找到那個傢伙，替老鼠報仇！」

一個人從一根柱子後面轉出來，陰森森地笑道：「你認為憑你們手上的幾支槍，就能夠為他報仇嗎？」

胡澤開看清那人的樣子，驚道：「是你！」

苗君儒正要用先前的方法開啟石門，可眼角的餘光感覺手上的這頁紙有些異樣，仔細一看，見紙上似乎還有一些字跡。這些字跡與原來的鳥篆不同，是寫在紙上的宋體，字跡與宋徽宗的瘦金體有幾分相似。

當初那個寫字的人，不知道用什麼顏料寫了這些字，在正常的光線下看不見，只有在珠子的光線下，才能看得清楚：

大順二年，兵敗，先師奉王命尋龍脈，然天意不可違。吾等驚聞九宮山噩訊，知復國無望，攜幼主遁於民間。巨金匿於山中，以助他日幼主復國之資。然我大順國運已絕，幼主英年歸天。痛定之餘，恐清狗得知，盡起山中巨金建此地宮，以慰大順王在天之靈。

看了這一段，苗君儒終於明白這座地下金鑾殿的來歷。原來李自成逃出北京後，一敗再敗，便命宋獻策尋找龍脈，以圖東山再起。宋獻策已知李自成的氣數已盡，甘願陪著一起死，卻秘密安排手下的人帶著李自成的兒子和那批掠奪來的財寶，隱匿在民間，只等李自成的兒子長大成人後，利用那批財寶「復國」，不料李自成的兒子卻死了，那些人知道「復國」無望，又怕清朝查到他們的下落，只得把隱藏在山裏的財寶取出來，偷偷修建了這座地下金鑾殿，也算是對闖王在天之靈的一種安慰。

那具坐在龍椅上的乾屍，應該就是李自成的兒子了。

下面還有文字，苗君儒繼續往下看：

倭人侵我，必窺我龍脈，欲絕之，以龍珠之神力釋孽龍於世，世必亂之，脈之像，乃國之本，帝之靈也。凡我兄弟族人，遇事可毀其珠，孽龍不出，國事既定，但自此有國無帝。奉易經之術推之，乃六八之數，萬事共和，當盛。嗚呼，國之無帝者，無主焉！吾輩不甚神明，奈何！奈何！

苗君儒大驚，想不到玄學之妙，竟然高深到這樣的地步。寫這些字的人，一定得到了宋獻策的真傳，精通奇門遁甲及圖讖等術，居然算準了日本人要入侵中國，還想破我國龍脈。按這上面的意思，只要毀掉龍珠，孽龍無法出洞，日本人的陰謀就無法得逞。但是那樣一來，從此國家就沒有了皇帝，按易經推算，是六八之數，共和兩個字，正是六劃與八劃。也就是說，中國從此沒有了帝制，是一個共和制度的國家。

嗚呼後面的那些字，是寫字人自己的意思，他無法想像，一個沒有皇帝的國家，會是什麼樣子。

後面還有一些字，只是字跡太模糊，看得不太清楚。苗君儒仔細看了一會兒，才認出其中的一些字來：

……困於此……命絕……我輩中人……依我朝歷數……方可無恙……出柱……

下面的落款是大順二十三年。

他想起孽龍洞中的那個何半仙。這個在木盒中留字的是康熙年間的人，而何半仙是光緒年間的人，前後相差了兩百多年。也許這個人是何半仙的祖上，何半仙繼承了祖上的術數，同時也是知道黃村地下金鑾殿秘密的人之一。按道理，何半仙應該守住地下金鑾殿秘密才對，為什麼要在洞壁上留字，要他們到黃村尋找陰陽柱呢？這不明擺著把秘密洩露出去嗎？

還有，孽龍是龍虎山的道士鎮在那裏的，何半仙為什麼要死在石洞第七層的入口，用自己的功力設下那個氣陣，難道在那個時候，就有人闖入孽龍洞，想釋放出裏面的孽龍？

磯谷永和見苗君儒看那頁紙看了這麼久，便大聲問道：「苗教授，紙上有寫怎麼出去嗎？」

苗君儒點了點頭，又微微搖了一下，照字面上的意思，好像是教那些困在這裏面的人怎麼出去的，可是有很多字都看不清了，沒法知道全部的意思，只有靠自己去揣測了。

這個既然是宋獻策的弟子，又會布下那個九宮八卦陣，就算保留了出去的通道，想必也不是那麼容易開啟的。想到這裏，苗君儒對大家說道：「大家在兩邊和腳下找一找，看看有什麼標記！」

所有的火把都已經熄滅，只有磯谷永和手上的珠子發出的光線。大家聽苗君儒這麼說，忙開始四處尋找，可找了好一會兒，沒有任何發現。

呼吸越來越困難，程順生說道：「苗教授，大不了和他們一起死在這裏！」

苗君儒低聲說道：「你沒聽他們說嗎？再不出去的話，全村的人都會沒命。」

他看了看四周，那些厚實的石壁，每一塊都平滑如鏡，上面別說字跡，連一條裂痕都沒有。既然紙上的文字有「我輩中人」這幾個字，也許出去的機關就在那九宮八卦陣內，只有精通術數的人，才能算出逃離這裏的「生門」在什麼地方。他走到那兩扇石門前，毅然按下了上面的機關。

門緩緩打開了，奇怪的是，並沒有水從裏面沖出來。大家感覺呼吸順暢無比，精神隨之一振。

上川壽明從衣服上撕下一塊布，把眼睛蒙起來，問道：「苗教授，你確定出去的路就在那陣中？」

苗君儒回答道：「除此之外，我想不出還有什麼地方可以找到出去的路！」

上川壽明說道：「好，我相信你！」

在這樣的時刻，他就算不相信苗君儒，也沒有其他的辦法了。

苗君儒問道：「你的眼睛怎麼樣？」

上川壽明說道：「被那陣毒煙熏了，不知道會怎麼樣！」

苗君儒沒有再說話，他站在九宮八卦陣的入口，要水生把剩下的幾塊松明點燃，分別丟了進去。他再一次看清了裏面的情景，九宮八卦陣中間的陰陽圖案居然恢復了原位，那些水不知道流到什麼地方去了，裏面的石板地面和外面的一樣乾燥。

一切都跟原先的一樣，只是角落裏多了兩具日本忍者的屍體。

他掐指算了一陣，眼睛盯向右邊第二層第四塊石板，若照正常的奇門遁甲推算，出去的生門應該在那裏。但是紙上還有「……依我朝歷數……方可無恙……」等字，那些字不可能平白無故地出現在上面。也許當年設計這個九宮八卦陣的人，早就知道能夠進到這裏的，定是精通「術數」的行家，若是普通的一個陣，輕易就能被人破解。

儘管大順朝前後才幾年的時間，可是紙上的落款，用的是大順二十三年，其實那個時候已經是康熙五年了，大順朝已經不復存在。當年那個人說的我朝，定然是用大順紀年的。

苗君儒算了一下，按李自成於一六四三年一月登基建立大順朝計算，到現在是三〇二年，三〇二是合五之數。在奇門遁甲之術裏，根據具體時日，以六儀、三奇、八門，九星排局，以占測事物關係、性狀、動向，選擇吉時吉方。

他掐指一算之後，目光移向左邊第三層第六塊石板，若以正常的方法推算，那裏是至陰之地，也就是死門所在。

難道算錯了？

他再算了一遍，還是在那裏。

他盯著那塊石板，腦海中閃過郭陰陽的影子，無論是周易八卦，還是風水玄學，都在講述世間萬事萬物周而復始，循環不休的道理。

莫非這九宮八卦陣中，顛覆了原有的順序，死既是生，生既是死，生生死死，無窮無盡。

可要是錯了怎麼辦？

他扭頭對程順生說道：「把你們的腰帶解下來給我！」

程順生不知道苗君儒要做什麼，忙把自己的腰帶解了下來。水生見他解了，便也解了。兩人把褲腰帶遞給苗君儒，用手提著褲子，樣子有些滑稽。

水生見苗君儒要用腰帶去捆佐官刀，忙叫道：「苗……苗教授，我以為你要我們褲腰帶做什麼呢，原來是當繩子用呀！我這裏有繩子！」

說著，從背包裏拿出一把棕繩來。他那背包裏有很多玩意，在山上打遊擊，關鍵的時候都能用上。

苗君儒接過棕繩，綁上佐官刀，向離他最近的一具屍體扔過去。佐官刀在空中劃了一個漂亮的弧形，準確地落在那具屍體的兩隻手臂中間，卡在那裏。

他很順利地將一具屍體拖了過來，但屍體在拖動的過程中，觸發了裏面的機關，利器破空之聲不絕於耳，好在他們都躲在門外，倒也傷不著。

磯谷永和見苗君儒拖出了屍體，厲聲叫道：「他是我們大和民族的武士，你想怎麼樣？」

苗君儒淡淡說道：「我想用死人救活人，你總明白了吧？」

磯谷永和抽刀上前兩步：「他為天皇陛下而死，應該受到尊重！」

苗君儒冷笑道：「如果你們完成不了天皇陛下交給你們的任務，誰會尊重你們？」

磯谷永和叫道：「不行，我絕對不允許你侮辱他！」

上川壽明聞聲呵斥道：「磯谷君，為了我們的任務，任何代價都是值得的，如果我們還在這裏糾纏，一旦過了時間，想想在戰場上英勇奮戰的將士吧，還要死多少人？」

苗君儒微笑道：「看來薑還是老的辣，上川先生不虧是做大事的人。那我可就不客氣了！」

說完，握住那把佐官刀，用力一揮，已將那屍體的頭砍下。俯身撿起那頭顱，扔向左邊第三層第六塊石板。隨著一聲沉重的撞擊，那塊石板陷了下去，與此同時，在他左邊的牆壁上，無聲地開啟了一道門。

果然沒錯！

他踢了那具無頭之屍一腳，屍體往前滾了幾滾，正好停在那道門與這邊兩扇石門的中間，兩邊相距三尺左右。只要跳過去踩在屍體的身上，就可以進那道門了。

程順生和水生繫好褲腰帶，站在門邊躍躍欲試。苗君儒說道：「不知道那邊有沒有機關，讓我先過去！」

他的身形隨之掠起，在那具屍體上點了一下，衝入那道門中。一進門，就看到往上去的台階。回頭說道：「沒事，可以過來，但是千萬注意，不要踩在地板上！」

程順生、水生和卡特先後從屍體上跳過去了。磯谷永和把珠子讓上川壽明拿著，彎腰背起上川壽明，縱身跳上那具屍體。

不料一踩之下，大吃一驚。原來這具屍體被前面的幾個人踩過之後，胸部肋骨已被踩斷。他身上背著一個人，腳下承受的是兩個人的力道。一踩上去，立即聽到「噗」的一聲爆響，一股帶著血腥的臭味撲鼻而來。

他這麼一吃驚，內心一慌，腳下飄忽起來，身體也隨之傾斜。眼看兩人就要摔倒在石板上。但他不虧是日本武術界的高手，在這種情形之下，居然可以把背上的上川壽明舉過頭頂，往門那邊扔了過去。

站在門邊的苗君儒正好看到這一幕，接過磯谷永和扔過來的上川壽明，同時飛擲出手裏的棕繩，捲住磯谷永和的右臂。

磯谷永和借他的一捲之力，身體迴旋，腳尖在屍體上一踩，跳到了那道門內。站穩身體後，驚魂未定地望著苗君儒，說道：「謝謝你救了我！」

苗君儒收好繩子，遞給了水生，對上川壽明說道：「上川先生，救命之恩已經還給你了！我說過不會欠你很久的！」

上川壽明呵呵笑道：「苗教授，如果我沒說錯的話，你救的只有磯谷一個人而已，你還欠我一個人的性命！」

水生叫道：「誰說還欠你們，苗教授把你們兩個人都救出去，不就還清了嗎？」

上川壽明說道：「不是救，是帶。以他的為人，是不會看到上面這個村子裏的人白白死掉的！苗教授，我說得沒錯吧？」

苗君儒說道：「不錯，還欠你一個！我會記著的。」

程順生看著面前的台階，說道：「走！我們上去！」

站在胡澤開面前的，是他在戰場上的生死對頭，縣保安大隊的隊長方志標。方志標手裏的槍抬了抬，說道：「胡隊長，久違了！」

從陰影中陸續出現一些人，把胡澤開他們幾個人團團圍在中間。每個人一手拿著手電筒，一手握著盒子槍。

胡澤開問道：「方隊長，你不是帶人在西線抵抗日本人的嗎？怎麼會出現在這裏？」

方志標說道：「今天早上，日本人突然撤走。我趕回縣裏報告，傍晚走到中雲村時，遇上了汪縣長派的人，要我帶人到這裏抓人。我怎麼都沒想到，要抓的人居然是你，胡隊長，我們倆打交道有好些年了，誰都奈何不了誰，現在你終於栽到我手裏。哈哈哈哈……有一件事我要告訴你，你的人頭值五千大洋呢！」

胡澤開冷笑道：「方隊長，你一直想拿我的人頭去邀功，我何嘗不想殺了你呢？但在國仇家恨面前，我們兩人之間的仇怨，又算得了什麼？我聽說這次方隊長在西線那邊打得很苦，日本人幾次衝過了你們的防區，硬是讓你們給打回去了。我敬重你是條漢子！可是我不明白的是，你為什麼又要幫日本人？」

方志標大聲道：「姓胡的，你別信口雌黃，我方志標怎麼說，也是有血有肉的中國人，怎麼會幫日本人，幹那種斷子絕孫的事情？」

胡澤開說道：「這就好！你知不知道我為什麼會出現在這裏？」

方志標譏笑道：「我可不管你怎麼會出現在這裏，我的任務是抓人。你別想拖時間等你的援兵，兄弟們，動手！」

胡澤開大聲道：「慢著，方隊長，你等我把話說完，再動手也不遲！」

方志標說道：「好，給你三分鐘，看你能說什麼。連槍斃的人都有一碗斷頭飯吃呢，別說我方志標不講人情！」

胡澤開問道：「你知道日本人為什麼要進攻婺源嗎？」

方志標說道：「別跟我繞彎子，有什麼話就直接說吧！」

胡澤開說道：「我是來這裏找苗教授的，我聽他說日本人要想挖我們中國人的龍脈，那股日本人就活躍在婺源境內，週邊那些進攻婺源的日本人，都是配合那股日本人行動的。我身邊的這位李教授，就是苗教授的同事，他和他的學生在浙源那邊遇到了那股日本人。日本人殺了他的學生，把他關在一個洞裏，是他自己逃出來的！」

方志標問道：「你說的那些跟我們有什麼關係？」

胡澤開說道：「現在，那股日本人和苗教授，都在這祠堂內！」

方志標哈哈笑道：「胡隊長，我們也算是死對頭，聽說你的人在北線幫忙打日本人，所以我也敬你三分，以為你也是個頂天立地的漢子，想不到你居然為了保命，說出這種連小孩都不相信的話！我進來這個祠堂的時候，裏面只有一具死屍，連一個活人都沒有！」

胡澤開一聽這話，大聲說道：「你的意思是，我的那個人不是你殺的？」

方志標說道：「當然不是我殺的，當時我還以為你在祠堂裏，結果找了半天，一個人都沒有！」

胡澤開說道：「我要他在橋上等我，可我帶人到河灣裏轉了一個圈回來，他卻不見了。剛才我檢查過他的屍體，是被人扭斷脖子的。方隊長，你也是見多識廣的人，什麼人殺人的時候，會扭斷人的脖子？」

方志標說道：「在不想驚動別人的情況下，殺人的方法有很多種。不過我聽羅局長說過，當年他當兵，在上海那邊駐防時，哨兵被人扭斷了脖子，後來查清，是日本特務所為。那些日本特務，個個都是身懷絕技的高手。你既然懷疑你的人是日本人殺的，又說日本人在祠堂裏，那你倒把日本人給找出來呀！」

胡澤開說道：「可是你的人圍著我，我怎麼找？」

方志標說道：「所以我不相信你說的話。你胡編了一大通，目的就是想借機逃走！」

胡澤開說道：「方隊長，你看我胡澤開像借機逃走的人嗎？你想抓到我，可也要問問我手裏的槍答不答應，大不了拚個你死我活。五千塊大洋可不是那麼好拿的！」

他的槍口對準方志標，只要對方的人一有異常舉動，就立刻開槍。就是死，也拿他幾個墊背的。

方志標見胡澤開不甘心束手就擒，而對方的槍口就對著自己，萬一真動起手來，槍彈無眼。說不定首先報銷的就是自己，沒死在日本人槍炮下，反倒死在死對頭的手裏，那就太不值了。

他說道：「胡隊長，你以為你今晚能夠跑得了嗎？」

他一邊說話，一邊偷偷向後退去，找個機會閃在柱子後面，就安全了。誰料他後退一步，胡澤開上前一步，兩人始終保持了原來的距離。在這樣的距離內，胡澤開就是閉上眼睛掃上一梭子，也能在他身上打出幾個窟窿。當下，他還真不敢輕舉妄動。

胡澤開說道：「方隊長，你進來的時候，有沒有注意到，村裏的狗都不叫。雖說今晚是保長的頭七，可也不至於外人進村了，連狗都不敢叫，你不覺得很奇怪嗎？」

方志標說道：「我是覺得很奇怪，可這關日本人什麼事，你可別說日本人來了，連狗都不敢叫！」

胡澤開說道：「我之前見過一具殭屍，連子彈都打不死……」

方志標打斷了胡澤開的話，說道：「我方志標活這麼大，還沒見過殭屍長得什麼樣，你既然說殭屍就在村裏，那你把殭屍叫出來，讓我也見識見識！」

他已經退到一根柱子的旁邊，一邊用話敷衍著胡澤開，一邊尋思怎麼樣以最快的速度躲到柱子的後面，然後命令手下開槍。只要胡澤開一死，不僅五千大洋到手，他還會因為「剿匪」有功，說不定來個連升三級，成為上饒行署保安司令手下的紅人。

突然，他聞到一股很難聞的屍臭。他進祠堂的時候，也聞到這股味道，只是沒有這麼濃，這麼噁心。他還以為是躺在棺材裏的死人發出的，可轉念一想，天氣這麼冷，死屍不可能臭得那麼快，再說棺材是密封的，臭味哪會這麼濃呢？

「隊長……」傳來一聲淒厲的叫喊，隨即一股帶著腥味熱呼呼的液體噴到他的臉上，他扭頭望去，臉色頓時嚇得煞白。

一個穿著古代武士鎧甲，個頭比他高出一截，臉上腐爛不堪的人，就站在他的身後。那個站在他身邊的保安隊員，被撕開了兩半，五臟六腑落了一地。大驚之下，他下意識地把槍口對準那傢伙勾動了扳機。

槍口迸出一串火光，子彈盡數射在那人的身上，可是那傢伙並沒有倒下。其實胡澤開已經告訴過他，見過一具連子彈都打不死的殭屍，可是他不相信。

他轉身剛要跑，不料雙臂同時被那殭屍抓住，身體登時懸空，渾身一麻，想叫卻叫不出聲，想起剛才那保安隊員死後的慘狀，大腦頓時一片空白，心道：完了，想不到我堂堂的保安大隊長，居然死在殭屍的手裏。

一道金光照射過來，他聽到身後傳來野獸般的嚎叫，抓住他手臂的地方頓時鬆開。

他落在地上，再也顧不得許多，連滾帶爬地向那道金光射來的地方爬去。爬到近前，才看清金光是由胡澤開手上的一個八卦射出的。

「你救了我？」他的聲音發顫，還沒從剛才的驚恐中恢復過來。

胡澤開說道：「方隊長，這下你總信了嗎？要不是苗教授教我用這個方法，我也死在殭屍的手裏了！」

金光中，那具殭屍連連躲閃，不斷發出嚎叫。

方志標手下的保安隊員也嚇得各自找地方躲避，但在幾根柱子的後面，又出現了一個人影，還未等那些保安隊員有所反應，身體已被砍成兩段。

胡澤開大聲叫道：「都到我這邊來，大家圍成圈，槍口對外。」

聽他這麼一說，那些活著的人全都跑到他的身邊，圍成了一個圈。

胡澤開接著說道：「除了那具殭屍外，如果看到其他的影子，都用槍給我狠狠的打，瞄準點，我就不相信日本人也不怕子彈！」

方志標緩過勁來，從一個保安隊員手裏奪過槍，對著不遠處一個飄忽而過的黑影開了兩槍。一陣金屬破空之聲過後，他身邊的兩個保安隊員慘叫著倒下。掉在地上的手電筒並未熄滅，他清楚地看到那兩個保安隊員的額頭和胸口，插著幾支模樣怪異的飛鏢。

大家各自開槍，祠堂內頓時子彈橫飛，「砰砰」的槍聲響成一片。

胡澤開見情況不對，忙大聲說道：「大家不要慌，慢慢退出去！等天亮了再來收拾他們！」

方志標一邊開槍，一邊對胡澤開說道：「謝謝你救了我！」

胡澤開說道：「方隊長，現在不是說這話的時候，有命逃出去再說！」

一圈子人邊開槍邊退出去，不斷有人慘叫著倒下。當他們退出祠堂的大門外，只剩下幾個人了。

胡澤開一看李教授還活著，頓時放下心來，他帶來的五個遊擊隊員，除了之前死掉的老鼠外，現在就剩下兩個人了。

方志標望著祠堂那張開的大門，黑洞洞的像極了一張吃人的巨口，他帶來的十幾個人，轉眼間只剩下三四個。

幾個人不敢往村裏走，一直退到河邊才站住。河邊距離祠堂的大門有十幾丈遠，這麼遠的距離，周圍沒有建築物可讓人躲閃，只要日本人一露面，就會被亂槍打倒。

方志標問道：「胡隊長，我們就這樣一直等到天亮嗎？」

胡澤開說道：「我聽老人們說，殭屍只在晚上出來害人，雞一叫它就不敢動了，等天一亮，我們找到殭屍，把它燒了。還有那些日本人，只在柱子後面飛來飛去的，槍都很難打得中，我認為站在這裏也許是最安全的。現在離天亮也沒多久了，大家熬一熬就是了！」

一直沒有說話的李明佑突然問道：「胡隊長，苗教授沒說他來這裏做什麼嗎？」

胡澤開說道：「好像說和日本人一起找什麼陰陽柱，具體什麼，我也不是很清楚。」

正說著，隱約看到從祠堂側面的山腳那邊走過來幾個人。方志標用手電筒朝那邊晃了晃，大聲叫道：「什麼人，再不說話就開槍了！」

那邊有人搭話了：「你們是什麼人？」

胡澤開一聽是程順生的聲音，忙叫道：「程隊長，是我們！」

來人正是苗君儒他們一行人。他們在下面沿著台階往上走，走到盡頭，推開頭頂的一塊石板，發現竟是一個樹洞。幾個人爬出樹洞，發覺置身於山腰上，身後的這棵大樟樹，直徑超過了三米。樹洞內很寬敞，擺上一張桌子，坐上四人，還顯得綽綽有餘。辨清了方向後，幾個人下了山，沿著山腳的小路往前走，剛隱約看到百柱宗祠那高大的門樓，就聽到了有人喊叫，說的是本地方言。

胡澤開一看到苗君儒，突然有種想哭的感覺，哽咽著說道：「苗教授，我見到你說的殭屍了，就在這祠堂裏，還有日本人，還殺了我們不少同志！」

方志標看見了那個背著老頭子的男人，手裏拿著和苗君儒一樣的日本刀，居然一聲不響地離開他們，向祠堂走過去，忙叫道：「哎，別進去，那裏面有殭屍，還有日本人！」

「他們就是日本人！」程順生叫著，從腰間拔出手槍，卻再一次被苗君儒按住，他叫道：「苗教授，為什麼要放過他們？」

苗君儒說道：「因為我兒子在他們的手裏！」他看到方志標身上穿的衣服，認出對方的身分，於是問道：「你們怎麼會來到這裏？」

方志標也不隱瞞，便把來這裏的經過說了，還拿出了身上那封信，信上蓋有婺源縣政府和縣長汪召泉的大印。只有寥寥一行字：令保安隊長方志標帶人前往黃村百柱宗祠抓人。

方志標說道：「我看過了，是汪縣長的筆跡！」

他並不知道，劉師爺仿冒汪召泉的筆跡，也不是一天兩天了，有時候就連汪召泉自己都看不出來，何況是外人？

苗君儒把信看了幾遍，感覺有些奇怪，縣長汪召泉憑什麼知道百柱宗祠有事發生？又為什麼下這樣的命令，要方志標帶人前來抓人呢？

從祠堂內走出一些人來，方志標用手電筒照了照，看到了那具幾乎令他魂飛魄散的殭屍，就站在一個老頭的身後，還有十幾個穿著黑衣服的日本忍者，一個個手裏拿著日本刀，虎視眈眈地望著他們。

「媽的，老子跟你們拚了！」他大叫著舉起手裏的槍，不料槍口被苗君儒一抬，子彈飛上了天。

苗君儒叫道：「大家不要亂來！」

方志標氣急敗壞地問道：「你到底是什麼人，為什麼要幫他們？老子手下那麼多兄弟，都死在日本人手裏，我要是不為他們報仇，以後還怎麼向活著的兄弟交代？」

苗君儒大聲道：「你以為憑我們這幾個人，還有手裏的幾支槍，就能夠殺掉他們嗎？」他接著低聲道：「如果我們現在和他們拚了，誰來阻止他們的計畫？」

方志標問道：「那你說怎麼辦？」

苗君儒說道：「讓他們走，我們也走！」他歎了一口氣，接著說：「中國能否被日本亡國，也許就看我們幾個人了！」

李明佑說道：「苗教授，你查到了什麼？」

苗君儒說道：「李教授，這一下子，我沒有辦法向你解釋清楚，等在路上的時候，我再對你說！」

他從胡澤開的手裏拿過八卦，交給程順生，同時說道：「還記得我對你說過的話嗎？趕快去，越快越好！」

程順生點了點頭，說道：「放心吧，苗教授！」

之後拉著水生沿著河邊就跑，甚至來不及與胡澤開再說一句話。苗君儒見他們兩人的身影很快消失在黑暗中，便大聲朝祠堂門口的那些人喊道：「上川先生，現在龍珠已經到了你的手裏，接下來怎麼做，應該不用我教了吧？」

上川壽明說道：「苗教授，如果我沒猜錯的話，你一定要他們兩人趕回去，想辦法把那個洞口炸掉。」

苗君儒的臉色頓時凝重起來，他和程順生以及胡澤開三人商量的事情，上川壽明怎麼知道的。難道當時還有人躲在旁邊偷聽不成？既然上川壽明已經知道，他也就沒有必要再隱瞞，坦然說道：「上川先生，你真會猜。不過這一次你猜錯了，我要他們趕回去的目的，不是去炸洞，而是去接一個人。」

上川壽明問道：「接誰？」

苗君儒說道：「一個能夠對付你的人！我約了他十三日凌晨在一個地方見面。現在我趕不過去，所以派他們兩人去接。」

上川壽明笑道：「那我倒想見識一下，究竟是什麼高人！」

苗君儒笑道：「到時候就算你不去找他，他也會來找你！」

上川壽明笑道：「我可要與那個高人好好一比，看看到底誰厲害！」

苗君儒大聲問道：「上川先生，沒有我這本《疑龍經》，就算你釋放出那條孽龍，可怎麼找到龍脈呢？」

上川壽明說道：「如果你想知道我們怎麼做，那就請你跟我們一起走吧！」

苗君儒說道：「只要《疑龍經》在我身上，你們那個神秘人物會來找我的！」

上川壽明說道：「用一句你們支那人的話說，我們後會有期！」

說完後，上川壽明帶著那些日本人，朝祠堂的後面隱去了。

方志標跺腳道：「這一次便宜了他們，下一次再讓我撞上，一定饒不了他們！」

苗君儒說道：「我們走！」

方志標問道：「你們要去哪裏？」

苗君儒似乎想起了什麼，對方志標說道：「你不能跟我們去！」

方志標問道：「那我怎麼辦？」

苗君儒將方志標拉到一旁，低聲在他耳邊說了幾句話。

方志標聽完後問道：「你說的是真的？」

苗君儒說道：「我想應該不假，你照著我的話去做就行了！」

一行人穿過村子時，村裏的狗叫了起來，叫得還挺凶的。可無論那狗怎麼叫，都沒有一戶人家亮燈，更沒有人敢起來開門。

來到橋頭的十字路口，方志標朝胡澤開和苗君儒拱了拱手，帶著人朝縣城的方向去了。

李明佑問道：「苗教授，你這葫蘆裏賣的是什麼藥，怎麼老是神秘兮兮的，事先也不說明白！」

苗君儒笑道：「二月二馬上就到了，我想真正的好戲應該要上場了！」

李明佑問道：「我們要回去嗎？」

苗君儒一本正經地說道：「在重慶的時候，我們不是想要找胡清的最終落腳點嗎？我身邊的這位胡隊長，應該就是他的後人了！天亮之後，我們應該能夠趕到那裏！」

李明佑問道：「那你不想辦法救你兒子了？」

苗君儒笑道：「我不是已派人去救了嗎？」

李明佑問道：「你怎麼知道他被日本人關在什麼地方？」

苗君儒拍著李明佑的肩膀，笑道：「日本人只是把你們抓起來做人質，絕對不會輕易殺你們的，就算你不逃出來，有程隊長和胡隊長他們幫忙，我也一定能夠把你們救出來！婺源就這點大的地方，他們能把人藏到哪裏去？」

說到最後，他的目光深遠起來，望著遠處墨色如黛的山巒，思緒萬千。想起了口袋裏的那半截木梳，婺源這麼大，廖清她究竟在哪裏呢？

第三章

八卦墓的玄機

八卦墳位於山谷正中上首，居高臨下，有種逼人的氣勢。
從最後一道谷口到墳前，共有九層青磚鋪就的台階，
每層九級，共九九八十一級。
道家講究九九歸真，這也是歷代皇家所專用的數字，
民間若擅用的話，那可是欺君大罪，要滅九族的。

一九四五年三月十三日凌晨。離二月二龍抬頭還有兩天。一行人跟著胡澤開，走了好幾個小時的山路，終於站在了考水村西面的瑪瑙峰山腰，這時，天邊已露出一線晨曦。

走了一夜，大家都已經疲憊不堪，卡特和兩個遊擊隊員倒在樹叢中，很快打起了呼嚕。

胡澤開站在一塊凸起的岩石上，指著山下的村子，對苗君儒說道：「這就是考水！我們所站的地方叫瑪瑙峰，聽老人們說，山頂上有塊虎形石，如果哪一天虎眼流血，村裏的人就要倒大楣了！那都是傳說，信不得的。當年我在山上砍柴的時候，還專門跑到虎形石那裏去看，騎在虎背上玩呢！苗教授，要不要等下去看看？」

苗君儒說道：「有的傳說不可信，但也不可不信，等下我們就去虎形石看看！」

他的目光遠眺，見整個村子坐落在山腳下，三面環水，一面靠山，一條玉帶般的小河成環形繞村而過，河上有幾座廊橋。那一棟棟徽式建築風格的民居，錯落有序地排列著，粉牆碧瓦之間，是一條條長寬不一的巷子。幾幢高樑翹簷的宅子，夾在民居中間，顯出了宅子主人的身分和地位。

村子背山面河，群山環繞，座北朝南，前面的山都不高，但逶迤數里，成龍案之形。水往東流，可迎紫氣東來。背後幾座山峰，成五指之形，形成天然的屏障，乃手掌乾坤之絕佳之地。但手掌乾坤之地，必有五行相助，缺一不可。村子裏水木土不缺，加上村中祠堂裏的火，五行中已有四行，獨缺金。要是在村子的西北方向豎一鐵塔，填補了五行之缺，那樣一來，照風水學上所說，這樣的上等村基，每一百二十年，村子裏應該出一位權勢傾朝的大人物。

胡澤開指著村中一幢大宅子說道：「那裏就是族長胡德謙的家，他還是縣商會的會長，兩個兒子都在外面做生意，只有小兒子留在家裏！三年前我抓走了他的小兒子，從他手上換了三擔米和五百大洋，還有一些棉布。自從那次之後，他主動求人找我，想和我講和。說是對當年我爸的那件事，至今後悔不已。但是殺父之仇不共戴天，我一直沒答覆他。」

一個遊擊隊員指著右邊的山谷叫道：「隊長，你看！」

山谷中有濃煙沖天而起。一行人沿著山路朝那邊轉過去，走到一個山頭，看到山下的石板路上有一些人正往山谷中跑來，那冒煙的地方站了不少人，火勢已經下去了，但只剩下一些殘垣斷壁。

胡澤開說道：「這裏原來是個和尚廟呀，怎麼會起火呢？苗教授，我們要不要下去看看？」

苗君儒隱約見到左下方的山林中，好像有什麼東西的亮光一閃，仔細望去，那亮光又閃了一下，好像是一面鏡子，當下警覺起來，低聲道：「下面的山林中有人！」

胡澤開立即拔出了身上的槍，低聲問：「在哪裏？」

一聽有情況，那兩個遊擊隊員一骨碌從地上爬起身，瞪著一雙大眼睛，頓時精神百倍起來。

苗君儒低聲說道：「不要衝動，現在還不知道對方是什麼人，我們慢慢跟上去，注意千萬不能發出聲音，越輕越好！」

一行人小心翼翼地往山下走，當他們來到那處發出亮光的地方時，見地上有很多雜亂的腳印，卻看不到一個人。

一個遊擊隊員提著槍剛要順著腳印去追，突然被苗君儒抓住，身體往後一仰，差點摔倒。

苗君儒指著那遊擊隊員面前的地方，低聲說道：「你看！」

離那遊擊隊員右腳不到十釐米的地方，有一條黑色的細線，細線的一頭繫在樹下，另一頭伸入一旁的樹叢中。苗君儒輕輕撥開那樹叢，看到兩顆掛在樹叢中的瓜式手雷。

好險！這兩顆瓜式手雷一旦被觸爆，不要說他們這幾個人，就是多幾個人，也會喪命在這裏。

這種瓜式手雷與他以前見過的日本手雷不同，在重慶的時候，他見過那些全美式裝備的國民黨士兵身上，掛的就是這種手雷。他聽一個陸軍上校介紹過這種手雷，爆炸的威力很大，覆蓋面也很廣，十米以內的人，很少有倖存的。

這種埋設絆雷的方法，也只有受過訓練的軍人才會用。

怪事，難道有國民黨的正規部隊進來了？

他仔細看了地上的足印，並不是全美式裝備的國民黨士兵穿的大頭皮鞋，而是普通的硬膠底鞋。

看到那兩顆瓜式手雷，胡澤開頓時覺得頭大了許多，剛才要不是苗君儒，他們幾個人可都要血濺當場，到死都不知道中了什麼人的埋伏。他低聲問道：「苗教授，他們是些什麼人？」

苗君儒說道：「現在還不清楚，但我肯定這些人和那座小廟起火有關。我們不能照著腳印追，繞過去，注意腳下和前面的情況！」

幾個人沒有順著腳印往前追，而是往山上走了一段路之後，再朝著那個方向繞過去。苗君儒和胡澤開走在最前面，他們倆走走停停，不時觀察周圍的動靜。可除了林間鳥叫聲和小動物走動的聲音外，聽不到其他異常的動靜。

胡澤開走到一處視野開闊的地方，朝山下望了望，說道：「苗教授，你來看！」

苗君儒極目望去，見村東頭的石板路上，有幾個人正急沖沖地走著，為首的一個，依稀能夠看清一個年紀比較大的人。那幾個人走到離廊橋不遠的地方，站了片刻，只有為首那個人繼續前行。

胡澤開低聲說道：「他好像就是胡德謙，只是距離太遠，我也看得不是很清楚！」

不管那個人是不是胡德謙，都能看出有問題。村子的西邊發生火災，這幾個人不去救火，來到東邊的廊橋做什麼？

苗君儒低聲說道：「其他人留在山上，我們下去！」

胡澤開從一個遊擊隊員手裏拿過長槍，這種中正式步槍，在較遠的距離內，射擊起來比他手上的盒子槍有優勢。

胡德謙回到家寫了一封信，要游勇慶火速趕往縣城交給縣長汪召泉，還沒等他吩咐完，見胡宣林帶著幾個人進來。

胡宣林一屁股坐在椅子上，喘著氣說道：「德謙呀，這事真有些邪乎，德欣和那個人進了廟之後，生不見人死不見屍……」

胡德謙說道：「叔公，你這麼大年紀了，就別折騰了。我已經寫了信，要游勇慶交給汪縣長，要縣裏多派些人來。」

胡宣林說道：「我也叫人去通知胡澤開了，你和他雖然有仇，可那是你們兩人的事，現在村裏面臨這麼大的事，他可不能不管！」

胡德謙說道：「來不來是他的事！」

胡宣林說道：「那是，那是，可多一個人多一份力，他手下好歹也有幾十條槍呢！」

胡德謙問道：「叔公，還有別的事嗎？沒事的話，我可要出去一下！」

胡宣林問道：「德謙呀，你是族長，村裏的大小事你可都得管，都這種時候了，你還要去哪裏？」

胡德謙說道：「放心，叔公，我不會離開村子的，我要去維新橋頭見一個人，我兒子在他們手上！」

和胡宣林一同進來的胡福旺叫道：「德謙叔，要不我多叫幾個人陪你一起去，萬一那些日本人……」

胡宣林瞪著眼睛，花白的鬍子翹得老高，叫道：「德謙，你去見日本人？」

胡德謙見瞞不過，只得把橋頭發生的事情說了。胡宣林聽完後，把頭搖得像撥浪鼓，連連說道：「不行，不行，那東西不要說沒有，就是有也不能交給日本人。要去見日本人，我替你去！」

胡德謙說道：「叔公，你知道見到他們之後怎麼說嗎？」

胡宣林說道：「還能怎麼說，大不了把老命給他們！」

胡德謙見旁邊還有些人，但也顧不了那麼多，說道：「叔公，你還記得那十六個字嗎？其中一句『田上草長』，是一個苗字，我聽日本人說，有一個姓苗的教授要來我們這裏。在苗教授沒來之前，日本人也不敢輕舉妄動，他們就是把我們村裏的人全殺光，也找不到他們要的東西。」

胡宣林說道：「你的意思是，只要那個姓苗的什麼教授來，就能夠找到日本人想要的東西？那不行，那是祖上留下來的東西，絕不能白白送給日本人！」

胡德謙說道：「我也知道絕不能送給日本人，現在情況這樣，我也想不出別的什麼辦法來，只有走一步看一步！」

胡宣林看了看站在堂上的幾個人，說道：「德欣不在了，你身邊沒個得力的人，我不放心，村裏的年輕人我都看過，沒一個讓我放心的。但是我覺得游瞎子的這個兒子不錯，那身架，那膀子那手臂，有幾分力氣。剛才在門口我已經問過他了，會兩下子，一個人打兩三個人不成問題，銃也打得準，還會打槍，不如你把他留在身邊，也好有個照應。送信的事，我叫別人去！」

胡德謙想了想，只得依了胡宣林。叫一個鄉丁把槍給游勇慶，換下那桿銃。幾個人跟著胡德謙，出了村沿著石板路往東疾走，來到離維新橋頭幾十丈的地方時，看見橋廊內走出兩個人來，其中一個正是那個雜貨店老闆，中國名字叫老萬的日本特務竹中直人。另一個則是穿著黑衣的日本忍者。

竹中直人站在橋廊前的台階上，大聲叫道：「請胡會長一個人過來！」

游勇慶趁人不備，翻身俯臥在田埂下，借著田埂上的幾叢黃草隱住身子，把槍從黃草中間伸出去，頂上子彈，透過槍上準星，牢牢地瞄準了站在橋頭台階上的那個人。

他以前打獵的時候，也都是找獵物經常經過的地方，找個下風頭，用乾樹葉和樹枝把自己埋起來，等獵物走近前後，才突然開銃，無論是野豬還是麂子，往往一銃斃命。他參加過民團，所以會打槍。當時民團那一百來號人，就數他的槍打得最準。他在民團幹得好好的，半年前，縣保安大隊還想把他要去當個小隊長什麼的，不料他父親游瞎子死活要他回家，說當民團幹的是缺德事，當保安隊幹的是沒命的事。

民團幫縣裏和鄉里到農戶家拉捐抽稅，缺德事自然沒少幹，有時候他也覺得過意不去，但為了每月那三塊大洋的餉銀，也治好硬著頭皮幹下去。縣保安隊經常下鄉「剿匪」，其實打的就是山上的遊擊隊，「匪」沒剿著，人倒死了不少。有時候民團的鄉丁也跟著去，可都在後面亂開槍，起到吶喊助威的作用。聽說遊擊隊隊長的外號叫胡老虎，有一次保安大隊的隊長方志標，帶人把胡老虎圍在一個小樹林裏，結果胡老虎在眾目睽睽之下跳了幾跳，就沒影了。另外一股遊擊隊裏還有一個姓程的隊長，聽說槍法如神，百步之外甩手一槍，要打鼻子，絕對不會打眼睛。

他的手指扣在扳機上，只要那個傢伙有對胡會長不利的舉動，他會毫不猶豫地開槍。

胡德謙一步步地走上台階，他看清橋廊裏只有兩個人。

竹中直人很有禮貌地躬身道：「胡會長，你遲到了！東西帶了麼？」

胡德謙站在台階上，回頭望了一下不遠處的村子，說道：「你不是說那個姓苗的教授會來的嗎？怎麼到現在還不見人？」

竹中直人說道：「也許他已經來了！」

胡德謙問道：「人呢？在哪裏？」

竹中直人說道：「無論他來不來，你都要把那枚傳國玉璽交給我們。我們早就打聽清楚了，你們每年祭祀那個義祖胡三公，就是唐末大將軍朱溫要找的紫金光祿大夫胡清，他從皇宮裏帶出了一個孩子，還有昭宗皇帝的傳國玉璽！」

胡德謙想不到這日本人對那一段塵封的歷史，居然那麼清楚，當下說道：「好像是那麼回事，但是據祖宗留下的話說，當年從皇宮裏只帶出了一些金銀珠寶，並沒有你說的傳國玉璽！」

竹中直人說道：「我們懷疑那枚傳國玉璽和你們的義祖胡三公，都埋在那八卦墳中。我們大日本帝國也是很尊重先人的，只要你不把我們逼急了，我不會幹出挖人家祖墳的勾當！」

苗君儒與胡澤開悄悄從山上溜下來，就藏在距離廊橋幾十米遠的樹叢中，在這寂靜的清晨，廊橋內兩人對話，他都聽得一清二楚。

他越聽越奇怪，既然日本人早就懷疑傳國玉璽在八卦墳裏，大可不必費這麼多波折，只需偷偷的趁人不備，找幾個人打洞進去，看看墳墓裏到底有沒有傳國玉璽就行了。這個日本人說出這樣的話，就只有一種可能，那就是日本人也是近日才懷疑傳國玉璽有可能在八卦墳內，而這時，他們對八卦墳已經無從下手。至於那一段歷史，是一個宗族的秘密，日本人又是如何得知的呢？

難道有人把所有的事情都告訴了日本人？

胡德謙的手裏托著一把銅質的水煙壺，他點上煙，咕嚕咕嚕地吸了幾口，把煙霧長長呼出，問道：「我想問你，這些事情連我們一般的族人都不知道，你們是怎麼知道的？」

竹中直人得意地乾笑了幾聲，說道：「我在一個月之內，走訪了婺源二十六個胡姓的村子，就只有你們村子能夠對上號。胡會長是想把令公子培養成下一任族長吧？有些秘密是不能亂說的，就算是兒子也不能說！」

胡德謙明白過來，氣憤地把水煙壺扔在地上，罵道：「這個畜生，要殺要剮由你們去好了，我要是見了他，也會親手殺了他！」

竹中直人說道：「你的兒子在我們手裏，已經沒有什麼價值了，如果你……」

他說完那個「你」字後，身後的日本忍者抽出了刀，架在胡德謙的脖子上。一聲槍響，那日本忍者的頭部迸出一道血光，身體向後軟軟的倒去。竹中直人似乎早有防備，閃身躲到胡德謙的身後，從腰間抽出一支槍，頂在胡德謙的頭上，大聲叫道：「你們不要亂來，否則我……」

又是一聲槍響，竹中直人的手指還未來得及勾動扳機，大腦已經失去了知覺，屍體重重地倒在地上。

胡德謙扭過頭，看到這日本人的半個腦袋都沒有了，離廊橋不遠的樹叢中站起了兩個人，他認得其中的一個，正是多次要殺他報仇的胡澤開。

胡澤開倒提著槍，對苗君儒說道：「苗教授，他就是我對你說的胡會長！」

胡德謙怔怔地望著胡澤開身邊那個四十多歲，臉上充滿幹練與睿智的中年人，喃喃地說道：「你……就是苗教授？」

在距離廊橋一兩里地的一處山坡上，一個滿頭白髮身穿日本和服的老人，正用高倍望遠鏡望著這邊，在他身邊，站著十幾個身穿黑衣的日本忍者，還有幾十個穿著軍裝的日本軍人。看了一會兒，老人放下望遠鏡，對身後的人說道：「馬上告訴上川君，按計劃行事！」

在胡德謙家的一間小廂房裏，他從一個很普通但很古老的小盒子裏，拿出了一本顏色發黃的族譜來。

他低聲對苗君儒說道：「從延政公那一代開始，到我這一輩，是第四十七代！」

苗君儒接過那本族譜，隨便翻了翻，也沒發現什麼對尋找傳國玉璽有價值的線索。但在這本族譜中夾著一頁紙，上面有一些字跡：天佑天不佑，大唐子孫禍，除去木子姓，方保皇族留。署名是黃冠子。

黃冠子是李淳風的道號，不虧是唐代的術數大師，寥寥幾個字，已經將當年要發生的事情算得一清二楚。

胡德謙接著說：「聽說這張紙也是從皇宮裏帶出來的！苗教授，跟你說實話吧，我們只知道當年胡三公從皇宮帶了這張紙，還有一些金銀珠寶，根本沒什麼傳國玉璽！」

苗君儒問道：「聽李教授說，你寫信給我，想要我幫你破解什麼秘密？」

胡德謙從那盒子裏再拿出一頁紙，展開後，大約兩尺見方，上面有一些黑色墨蹟形成的字跡，他說道：「就是這張紙上的字，我找過很多人，都沒人知道。我寫過信給你，可一直沒有收到你的回信！」

「我並沒有收到你的信，後來才聽李教授說，你寫信給我，想請我幫忙！」

苗君儒接過那張紙一看，見上面的墨蹟似乎是從什麼地方拓下來的，那些字跡正是他先前見過的鳥篆，但似乎與鳥篆文有些不同，還有一些象形文字和圖案也夾雜在其中，他仔細辨認了一下，問道：「這張拓片也是你祖上傳下來的？」

胡德謙點頭道：「是的，上一任族長告訴我，說從皇宮裏帶出來的東西不在八卦墳中，這張紙就是當年幫胡三公修建八卦墳的那個風水先生留下的，我已經查過了，那個人曾經是南唐的國師，叫何令通。祖上流傳下來的話說，如果有人能夠破解這上面的秘密，就能夠找到那批從皇宮裏帶出來的珠寶，包括皇帝的血詔書！」

苗君儒問道：「你祖上沒有提到傳國玉璽？」

胡德謙十分肯定地說道：「沒有。不過小時候聽老人們說，考水村有龍脈，可惜有山神鎮著，龍脈不通，說是要用什麼印就能夠打通龍脈。我們曾經找過幾個風水先生，可他們都說不知道！」

苗君儒說道：「從風水上說，你們村是手掌乾坤之地，當出權傾朝野的權勢人物！」

胡德謙說道：「你說得是，祖上也請人看過，說是山上有虎形石，村東有文峰，村邊有青龍，背山面河抱水，形成虎踞龍盤之勢，八卦墳所葬的鳳形山，是上好的『四神寶地』，當出聖人。可這麼多年過去了，進士舉人出過不少，文人也有一些，可談不上是什麼聖人。至於你說的權勢人物，不是沒有一個，大多是些刺史和參政什麼的，可也說不上是權傾朝野。倒是遷居安徽那邊的胡氏一族，出過像胡雪巖那樣的人物！」

苗君儒問道：「哦，紅頂商人胡雪巖的祖宗也是你們這裏遷出去的？」

胡德謙說道：「你看族譜，除了胡雪巖外，還有大文豪胡適，都是我們考水的胡氏子孫呢！」

苗君儒將族譜翻了幾翻，見延政公的次子百祿和三子百英，都是遷到安徽那邊，第十五代孫，遷往上莊。

胡適就是上莊人。

在重慶的時候，他查到一篇寫胡適的文章中，說胡適公開承認自己是李唐的後裔，祖上並非姓胡，而是姓李。

他本來想與李教授先去安徽上莊，調查與傳國玉璽有關的事情，不料突然遭人綁架，將他的計畫打亂了。

胡德謙要苗君儒將族譜翻到最後一頁，指著上面的幾行字說道：「這就是那位何國師留下來的，我怎麼看都看不懂！」

上面的字是隸書：一七進五心神亂，四退一行能平安，寅火離木四一震，乾坤倒轉龍脈合。

初看這字面上的意思，似乎與陰陽五行有關。苗君儒想起黃村的那九宮八卦陣，莫非這些字是教人怎麼走的？可是考水村的九宮八卦陣在什麼地方呢？

胡德謙低聲說道：「苗教授，你是第一個見到這些東西的外姓人。我們村裏還有世代相傳的十六個字，就是『虎目流血、爾玉龍生、田上草長、甲子出川』，據說也是當年何國師對延政公他們三兄弟說的。」

接著，他把那首兒時念過的童謠也說了。

苗君儒笑道：「想不到這個何國師為你們村布下了那麼多謎團！」

胡德謙說道：「昨天晚上我們村裏來了一個中年人，他說他叫劉勇國，也提到你，他是來這裏救人的，我不知道他要救什麼人。他懷疑那些日本人就躲在村西頭山谷裏的小廟中，我叫我的族弟帶他去，結果今天天快亮的時候，小廟被燒了，他們兩人至今生死不明！」

苗君儒聽胡德謙講了那人的長相後，確定是那個自稱重慶城防司令部上校的劉勇國，他說道：「你放心，日本人在沒有達到目的之前，是不會輕易殺他們的！日本人手裏有好幾個人質，其中包括我的兒子。」

他把那張拓片平鋪在桌子上，仔細辨認著那上面的字跡。拓片上共十四處字跡，從手法上看，應該是從岩石上拓下來的。這是一種介乎象形文字與鳥篆之間的文字，有的字像漂浮的雲層，有的像水紋，還有的像一些動物。這張拓片上的文字，具體是什麼意思，一時半會還無法解讀出來。

胡德謙接著把祖上留下來的那十六個字也說了，接著說道：「我覺得那『出上草長』四個字，指的就是你！」

苗君儒笑了一會兒，說道：「有些玄機是要等事情臨頭的時候，才能破解的。你想想，那句『爾玉龍生』中的『爾玉』兩個字，不正是玉璽的『璽』字嗎？胡會長，我不想瞞你，其實日本人要傳國玉璽的目的，就是想找到真正的中國龍脈。也許這四個字的意思，是指保住玉璽就能夠保住龍脈。」

胡德謙驚道：「是呀，我怎麼就沒想到呢？那麼，十六個字裏面，就只剩下『甲子出川』這四個字了。」

苗君儒說道：「最後這四個字的玄機，我想等這件事過後，再告訴你！」

胡德謙說道：「這張拓片上的字，你能夠破解嗎？」

苗君儒說道：「我想讓另外兩個朋友看看！」

胡德謙猶豫了一陣，只得點頭答應。連日本人都知道的事，還有什麼秘密可言？

苗君儒拿著族譜和那張拓片離開了廂房，來到客廳，見卡特與李明佑正躺在椅子上閉目休息。這兩三天來，卡特一直沒能好好休息一下。這麼大年紀的老人，還真不容易。胡澤開倒是精神抖擻，與游勇慶低聲說著話。橋頭上開的那兩槍，已經讓他們有了一種彼此之間的惺惺相惜。

叫醒了卡特與李明佑後，苗君儒把那張拓片擺在客廳的八仙桌上，三個人慢慢研究起來。

胡德謙隨後走出來，來到胡澤開的面前：「胡隊長，我的命你隨時都可以拿走！」

胡澤開說道：「胡會長，殺父之仇我一定會報，但不是現在。我胡澤開不幹那種趁人之危的事。」

游勇慶有些興奮地說道：「胡會長，原來他就是鼎鼎大名的胡老虎，我原來在鄉里當鄉丁的時候，就聽說過他。」

胡德謙歎了一聲，自言自語地說道：「我要是能有一個像你們這樣的兒子，那該有多好？」他突然想起那個叫竹中直人的日本人說過的話，他的兒子胡福源為了保命，居然把族裏的秘密全說了出來。只怪他一時糊塗，沒有牢記祖訓，過早地把族裏的秘密告訴了兒子。想到這裏，他突然覺得胸口一悶，一口痰哽在喉嚨裏，身體站不穩，斜斜向旁邊倒去。

游勇慶正與胡澤開說著話，見胡德謙的身體晃了兩晃，忙上前幾步一把扶住，驚道：「胡會長，你怎麼啦？」

胡澤開見胡德謙雙目緊閉，嘴唇青紫，忙和游勇慶一起，將胡德謙扶到旁邊的椅子上。

游勇慶的叫聲已經驚動了苗君儒他們。苗君儒疾步過來，見胡德謙那樣，忙用手搭在他的脈門上，把了一會脈，說道：「他是焦慮過度，加上急火攻心所致，來，你們把他扶好！」

苗君儒用手揉了幾下胡德謙的胸口，接著掐住了他的人中，並輕輕在他的喉部按了幾下，然後翻過他的身體，在他的背上不輕不重地拍了幾下。

胡德謙的喉嚨裏發出咕嚕咕嚕的聲音，張口「哇」的一下，吐出一大團帶血絲的濃痰，慢慢地睜開眼睛，有氣無力地說道：「謝謝你！」

苗君儒說道：「胡會長，你需要好好休息。像你這麼操心，不要說你這把年紀的人，就是年輕人也支撐不住！」

胡德謙苦笑著說：「撐不住也要撐，誰叫我是一族之長呢？」他接著對趕到身邊的兒媳婦說道：「馬上……馬上給我燉一碗參湯！」

苗君儒望著那女人苗條的身影，若有所思。剛才搶救胡德謙的時候，那女人從內堂奔出來，一臉焦急之色，關切之情溢於言表。而另一個六十多歲的小腳老太婆，則在內堂的門邊閃了一下，就進去了。胡德謙看著這女人的時候，眼神中也充滿了慈祥和疼愛。他們兩人之間，似乎超出了正常的公公與媳婦的關係。

沒一會兒，那女人端來了一碗冒著熱氣的參湯，看著胡德謙一口一口地喝盡，才欣慰地端著空碗進去了。苗君儒這時才注意到那女人微微隆起的腹部，看上去好像有三四個月了。

喝過了參湯，胡德謙的臉色紅潤了許多，精神也恢復了不少，他起身問道：「苗教授，那張紙的文字，你看得懂嗎？」

苗君儒說道：「是鳥篆與象形文字之間的一種文字，也許是圖案和符號，要破解的話，需要一點時間！」

胡德謙問：「需要多長時間？」

苗君儒說道：「也許幾天，也許幾個月或者半年！」

胡德謙說道：「可是時間允許嗎？就算我們答應，日本人也不答應呢！」

苗君儒說道：「現在是三月十三日上午十時，離三月十五日，還有兩天的時間！」

胡德謙問：「怎麼是三月十五日，什麼意思？」

苗君儒看了一眼李明佑和卡特，說道：「三月十五日是陰曆二月二，也就是龍抬頭之日。胡會長，我沒有辦法對你說清楚，不過到時候你就明白了！」

胡德謙說道：「這事一開始我就沒弄明白，日本人在一九四一年的時候，從浙江開化打過來，結果沒進得來，都好幾年了，怎麼會突然從四個方向打婺源呢？你說我們這個村子，那麼多年來都難見到一個外人，這陣子怎麼也和日本人扯上了。他們還說要那個玉璽，也不知道他們從哪裏得到的消息，我們村子怎麼會有那東西？那可是皇帝用的！」

苗君儒把那張拓片收好，對胡德謙說道：「胡會長，我想去看看那個八卦墳，怎麼樣？」

胡德謙說道：「行，我陪你們去！」

一九四五年三月十三日清晨。

距離考水村十幾里山路的一個山谷中。

劉勇國睜開眼睛，發覺處身在一個土洞中，手腳被繩索捆得結結實實，他暗自運了一下氣，身體沒什麼異常。那個陪他一同去小廟中的胡德欣，就躺在他身邊，和他一樣被繩索捆綁著。他用腳踢了踢，見胡德欣「嗯」了一聲，逐漸甦醒過來。

胡德欣問道：「我們昏迷多久了？」

劉勇國說道：「從上面的光線看，應該有好幾個小時了！」

胡德欣問道：「昨天晚上在廟裏，從我們後面來了好幾個人，其中有一個是白頭髮的老頭，穿著一身很古怪的衣服！」

「果然是他們！」劉勇國回憶起昨天晚上在廟裏的情景，當時他似乎聽到身後有細微的腳步聲，正要扭頭去看，不料卻著了別人的道。連別人長得什麼樣都沒見到，就被別人制服了。他在軍統幹了那麼多年，還是第一次碰到這樣的情況。要是被他上司知道的話，今後還怎麼在組織裏混？

胡德欣問道：「他們是誰？」

劉勇國說道：「是日本人，那個白頭髮老頭是一個很厲害的高手，我從來沒有見過那麼厲害的人！」

他抬頭朝上面看了看，見這個土洞並不深，上下也就兩三米，可他們兩人都被繩子綁著手腳，怎麼上去呢？

胡德欣翻了一個身，罵道：「這種土洞是我們山裏人用來裝野豬的，想不到被他用上了。媽的，他們把我們丟在這裏，怎麼不乾脆殺了我們？」

他用本地話朝上面叫了幾聲：「有人嗎？救救我們！」洞沿上出現一個穿著本地人服飾的人，朝著下面用日語罵了一聲之後，又走到一邊去了。這些日本人穿著本地人的衣服，若不開口說話，還真認不出來。

劉勇國低聲說道：「不要急，我們得想辦法離開這裏！」

胡德欣掙扎了幾下，說道：「手腳都綁著，怎麼走？」

劉勇國低聲說道：「他們沒有殺我們，就說明他們不想讓我們馬上死，我們還有人質在他們手上，我這次來就是救人的！」

胡德欣說道：「你說怎麼樣就怎麼樣，我聽你的！」

劉勇國低聲說道：「只要日本人不站在洞邊上看著，我就有辦法！」

他曾在軍統特訓處當過教官的他，就算手腳被捆，也可以輕而易舉地逃脫。他見洞口上沒有日本人出現，突然把身體彎成一個奇怪的弧度，硬生生把綁在背後的雙手翻到了胸前。接下來要做的，只要用牙齒咬開綁著的繩子就行了。綁了那麼久，手腳都有些麻痹了。

他替胡德欣解開了繩子，低聲說道：「不要急，先讓手腳恢復一下！」

他看準了離地面一米多高的洞壁上，有一個小凹坑，只要踩到那凹坑，就可以借力衝上去。現在不知道洞上面有多少個日本人，萬一失手再次落在日本人手裏，後果就難預料了。

他們兩人身上的武器，都被搜走了，土洞內的地上除了有一些小石塊和乾樹枝外，並沒有可以用來當武器的東西。

胡德欣在土洞內轉了一個圈，揀了兩塊較大的石頭抓在手裏。

劉勇國鬆開褲腰帶，從裏面抽出一把軟劍來，用軟劍削了一根乾樹枝，拿在手裏。這種帶尖頭的樹枝，可以當飛鏢使。

兩人相視了一眼，得到默契後，劉勇國縱身而起，右腳踏住那個凹坑，身體躍上了土洞。

站在土洞旁邊的兩個日本忍者，見下面有人上來，忙去拔刀，可還沒等他們拔出刀，劉勇國手中的軟劍已經準確地劃過了他們的脖子。

一道血箭從兩個日本忍者的脖子中飆出，失去意識的身體掙扎著倒下。

右邊的樹叢中站起兩個穿著軍裝的日本兵，一齊舉槍向劉勇國瞄準。說時遲那時快，劉勇國的手腕一抖，幾根乾樹枝如箭般電射而出，分別刺中那兩個日本兵的眼睛和喉嚨。

「噠噠噠！」一串子彈飛過劉勇國的頭頂，那兩個日本兵已經倒在了地上。

與此同時，樹叢中又出現了幾個日本兵，為首一個居然是穿著中佐軍官服的日本軍官。

這些日本兵手裏的武器，並不是戰場上日軍使用的武器，而是美式卡賓槍。那日軍中佐手裏拿著的，卻是日本「櫓子」。

劉勇國的反應很快，見那幾個日本兵一現身，立即飛身而退，閃身躲在一棵樹的背後。幾串子彈射到他剛才站立過的地方，激起一些土屑。

那幾個日本兵在日軍中佐的指揮下，貓著腰成半包圍狀，向劉勇國藏身的地方撲過去。看他們那動作和身形，與一般的日本軍人有很大的區別，顯然經過了特殊訓練。

子彈如雨般射在劉勇國藏身的樹上，逼得他無法動彈，就在他無計可施的時候，胡德欣從土洞內躍出，手中的石頭扔向那幾個日本兵。

石頭雖不致命，但已經令那幾個日本兵分了心。胡德欣躍上土洞後，身體連連在地上翻滾，以躲避射來的子彈。滾到一個日本忍者的屍體邊時，順勢抽出了一把日本刀，朝那幾個日本兵飛擲過去，同時向旁邊滾去。

那把日本刀穿透了一個日本兵的身體，慘叫聲中，那日本兵一頭栽倒在地，再也爬不起來了。

可惜他再快也快不過子彈，腿上一麻，身體一個踉蹌，倒在樹叢中。他從樹叢中站起身，大聲叫道：「劉先生，快跑！」

一串子彈射在他的身上，鮮血頓時浸透了那厚厚的棉衣，他咬著牙靠在一棵小樹上，口中噴血，眼睛盯著離他不遠的另一把日本刀，口中喃喃道：「媽的，老子臨死都要找個小日本墊背的！」

趁著日本兵對付胡德欣的空檔，劉勇國離開了他藏身的地方，借著樹叢的掩護在樹林內飛快奔跑起來。

那日軍中佐吼道：「追上去，絕對不能讓他跑了！」

剩下的幾個日本兵調轉槍口，朝著劉勇國逃走的方向追上去。

日軍中佐走到胡德欣的面前，用生硬的中國話說道：「你的，是一條漢子，可惜你很愚蠢，支那人都是豬的幹活……」

胡德欣奮身撲上前，不料那日軍中佐已經抽出了腰刀，乾淨利索地刺入了他的腹部。他怒目圓睜，掙扎著抓住日軍中佐那握刀的手，一口血全噴在對方的臉上。

日軍中佐慢慢地抽回腰刀，冷笑著還刀入鞘，看著胡德欣慢慢在他面前倒下，伸手摸了一把臉上的血，放到嘴邊舔了幾下。他喜歡這股血腥味，尤其是冒

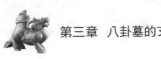

著熱氣的血腥味。

他踢了一腳倒在地上的胡德欣，轉身對一叢樹叢背後喊道：「快走，支那人很快就能找到這裏！」

從樹叢後面又站起幾個日本兵來，其中一個日本兵的背上背著電台。

日軍中佐從地上抓起一把泥土，口中念念有詞，灑向了那幾個死了的日本人。

就在這時，已經「死」了的胡德欣突然從地上彈了起來，滾了幾滾之後，抓起了一把日本刀，向那背著電台的日本人飛擲過去。

日軍中佐想要出手制止，可惜已經遲了。那把日本刀直直貫入了那背著電台的日本兵的腹部。那日本兵的身體晃了幾晃，跪倒在地。

胡德欣倒在地上，呵呵笑道：「老子說過，老子臨死都要找個小日本墊背！」

話一說完，他已經咽氣，但兩眼兀自圓睜著。

胡德謙陪著苗君儒他們幾個人，來到位於鳳形山的八卦墳。

八卦墳距離考水村大約三四里地，自進入山谷後，苗君儒注意到，從谷口到墳前，一共有三道彎。拐過最後一道彎，仰頭就看到了八卦墳。

八卦墳位於山谷正中上首的位置，居高臨下，自有一種逼人的氣勢。從最後一道谷口到達墳前，共有九層青磚鋪就的台階，每層九級，共九九八十一級。

道家講究九九歸真，而九九之數，也是歷代皇家所專用的數字，民間若擅用的話，那可是欺君大罪，要滅九族的。

苗君儒站在墓地的明堂前，見整個墓地為鳳字形，墳墓為兌山卯向，明堂開闊，左右山坡如同兩隻靜臥的猛虎。墓葬為八卦狀，墓頂繪有太極陰陽八卦圖案，墓葬與墓圈護圍皆為青磚壘砌而成，其圓形墓圈護圍超過兩丈，地面用卵石嵌成席紋，墓葬的直徑超過一丈，高約五尺，墓葬外表八個方向的青磚上，分別刻著「乾、坤、坎、離、震、艮、巽、兌」八卦的符號，並有上下三層蝙蝠紋飾的雕刻圖案。墓頂往下形成一個約三十度坡度的圓形斜面，上面一塊塊地鑲嵌著兩村見方的龍鱗磚。

他禁不住說道：「好一個鳳形乾坤八卦墓！」

墓前樹著一塊青石古碑，上面刻有陰文篆書「始祖明經胡公之墓」八個大字，歷經千年風雨，殘剝可認，碑座左右分別刻有「明經胡氏」「三延並茂」的字樣。

明經公胡昌翼的膝下有三子，為延政、延賓、延臻，故有「三延並茂」一說。

墓的左側還立有一塊石碑，上書：「贈封明經像誥，奉天承運，皇帝詔曰：昌翼奇材，君父王嗣，懿德惟鄉，嚴光並志。大宋太平興國二年正月下」。

苗君儒圍著這八卦墳走了一圈，發覺墓後面正中位置的墓圈護圍，竟然空開一道一尺多寬的小土溝，從護圍的外部一直延伸與墓葬平行的地方，並沒有用青磚與卵石砌實。從小土溝兩邊的痕跡看，這條小土溝，是當初修墓的時候，故意留下的。還有更為奇怪的，是墓頂那陰陽八卦之間，留有一個一寸大小的圓孔。

胡德謙指著墓頂上的那圓孔說道：「那個孔很奇怪，大冬天的往外冒熱氣，而熱天，卻往外冒冷氣！前兩天下大雪的時候，孔內就往外冒熱氣。」

苗君儒說道：「不虧是南唐的國師，居然用上了堪輿導氣之術來引導天地陰陽二氣，」他接著對大家說道：「此墓非比尋常，據鳳行之地，靠虎形之山，依龍形之脈，朝五指乾坤之案，引天地靈氣，可佑膝下三子的萬代子孫。」

李明佑在墓邊轉了兩圈，也由衷說道：「我考古幾十年，見過各種各樣的墓葬，可從來沒有見過這樣的！」

「此墓還有玄機！」苗君儒說道：「可幫忙取一把魯班尺來！」

胡德謙馬上吩咐別人回去拿。

苗君儒見墓圍上方的山頂上，有臨時搭建的草棚，幾個拿著梭標和步槍的青壯男子，正在上面走來走去。

胡德謙說道：「不瞞你們，日本人打婺源的事，應了我們小時候唱過的一首童謠，我去問過游瞎子，他說今年的事就落在『八卦』兩個字上，我馬上就想到了祖宗的八卦墳，怕日本人偷偷來挖墳，所以日夜派人來守著！」

苗君儒說道：「日本人要真來挖墳，單靠你們那幾十個人，恐怕守不住！」

胡德謙也知道日本人的厲害，說道：「守不守得住是另外一回事，我就是把老命拚在這裏，也算對得起祖宗了！」

不一會兒，魯班尺取來了。苗君儒拿著尺子，將墓葬上下左右全量了一遍。

李明佑問道：「苗教授，還有什麼玄機？」

苗君儒微微一笑，說道：「正如我估計的那樣，墓高四尺八寸，為四面八方天地之數，墓頂直徑九尺九寸，乃皇家九九之數，墓圍廿二尺，為唐朝廿二帝，墓頂為圓形，謂之一統天下之意，也可以看成是一個三百六十度的圓圈。你們看這斜面上的龍鱗磚，一共九層，最下面一層是一百五十五片，最上一層是三十六片……」

李明佑似乎明白了什麼，他說道：「貞觀元年，太宗分天下為十道，即關內道、河南道、河東道、河北道、山南道、隴右道、淮南道、江南道、劍南道和嶺南道。全國共設三六〇州府，下轄一五五七縣。最下層和最上層的龍鱗磚各乘以十，就是那數字了！」

苗君儒笑道：「還不止這些，你們看那墓碑，碑高也是四尺八寸，與墓高相等，寬兩尺二寸，與墓圍也是隔了十倍之數，厚九分，為皇家之數。還有那下面的九級金階，無不顯露出墓主的真實身分。」

李明佑驚喜地說道：「苗教授，既然這麼說，那麼傳國玉璽之謎，一定可以在這裏解開了？」

苗君儒說道：「李教授，據我在陝西藍田縣考古時發現的那張紙上所述，傳國玉璽確實被胡清帶出了宮，可玉璽最終落在哪裏，還無從定論。也許胡清怕給太子惹禍，偷偷把玉璽藏在了其他的地方，根本沒有傳下來。」

聽苗君儒這麼一說，李明佑頓時露出了極度失望的神色，說道：「按你這麼說，傳國玉璽就沒有辦法找到了？」

苗君儒笑著說道：「李教授，我們都是學術界的人，也知道中國上下五千年的歷史，很多寶物都已無從尋找，就算費勁畢生的心血也不一定能夠找得到！」

李明佑說道：「也許傳國玉璽就放在這個墓葬中，更可能在胡清的墳墓裏！」

胡德謙說道：「義祖胡三公的墓葬，據說在宋神宗元豐年間的時候，遷往清華鄉。據說當年起墓的時候，並沒有東西！」

苗君儒問道：「胡三公的墓遷往清華鄉什麼地方了呢？」

胡德謙說道：「原先胡三公出生的那個村子，包括上下三村的胡姓宗族之人，都已經被朱溫殺光了，地方已經無從找起。當年具體遷到什麼地方，也不清楚！」

李明佑說道：「不可能，那是你的義祖，墓葬遷到何處怎麼不知道？」

苗君儒說道：「胡會長，那胡三公原來在這裏的墓葬位置，你們祖上可有什麼話留下來？」

胡德謙說道：「所有的秘密都在族譜和那張紙上，你們都知道的呀！」

李明佑朝八卦墳左右兩邊的山上看了看，說道：「我想應該就在這一帶！」

苗君儒說道：「可是族譜上並沒有寫明胡清葬在什麼地方，要想在考水周邊的山上找出胡清的墳墓，談何容易！」

胡德謙想了一會兒，說道：「不過我據原來的族長說過，明經公胡昌翼是個大孝子，胡清去世後，他守孝三年，就在胡清的墓前搭了一個草棚，在草棚中教村內的子弟讀書，後來，在那地方建了一座小房子，就是最初的明經書院！」

苗君儒問道：「那明經書院現在還有嗎？」

胡德謙說道：「有呀，宋元兩代，文風鼎盛，最多時，書院有學子兩千餘人，房屋兩百多間。元至正十三年毀於兵禍，明朝成化年間，知縣丁祐諭合族重修，作為講道之所。萬曆年間，邑侯萬國欽諭率族人重修，自明末以來，日益蕭條，很多房屋都倒塌了。康熙年間，胡氏合族出資重修，並將書院從原西山麓移建於鳳山東麓，但從此文風不在，乾隆年間開始，書院已成雀鳥築巢之所，現在只剩下幾間破屋和幾堵殘垣斷壁了。」

苗君儒問道：「那為什麼不修繕呢？」

胡德謙說道：「幾任族長都動過修繕的念頭，一來所需的鉅資難籌，二來文風凋零，恐難再現宋元兩代之盛，第三……」

苗君儒見胡德謙遲鈍起來，忙急切問道：「這第三是什麼？」

胡德謙說道：「這第三嘛，祖上留過話下來，說後代子孫平安即可，明經書院可修可不修，樹大招風，恐有滅族之禍！」

苗君儒說道：「也難怪你們祖上會留下那樣的話，清朝自康熙開始，就大興文字獄，以明經書院昔日之輝煌，不可能不引起清朝皇帝的注意，一旦哪位與明經書院有關係的人出事，殃及的就是整個胡氏宗族！你們的祖上叫你們那麼做，確實是明智之舉！」

胡德謙說道：「原先的明經書院遺址，早已經無從尋找。但如果照族譜中記載的去推斷，可知大致的地方。就算你找到哪裏，又有什麼用呢？」

李明佑問道：「苗教授，那你認為那張拓片和族譜後面的那首詩，是說明什麼的呢？」

苗君儒說道：「這也是我想知道的！上川壽明他們既然認定傳國玉璽就在這裏，肯定有他們的理由，我想，明經書院原先的遺址裏面，一定有什麼秘密……」

正說著，遠處傳來槍聲。幾個人相互看了看，頓時變了臉色。

第四章

千年拓片上的字符

李明佑說道：「苗教授，我從未見過這樣的字體，
既不是鳥篆，也不是象形字，
我看，應該都是圖案或者符號，好像是指引什麼的。
你看第三排第三個符號下面的水紋，
和那塊青磚上的水紋一樣。」

劉勇國在樹林內七拐八拐地急速奔跑，剛開始的時候，子彈還擦著他的頭皮亂飛，到後來，槍聲變得越來越遙遠，最後終於聽不到了。

也不知道跑了多遠，估計那些日本兵是追不上了，他靠在一棵大樹上，大口大口地喘著氣，身上被樹林裏的枝條和荊棘劃出條條傷痕，已經不覺得疼痛。

休息了一會兒，他繼續在林子裏穿梭，來到一處視野較為開闊一點的山頂，朝前面看了看，見入眼都是茫茫大山，不知道怎麼才能夠走得出去。

他又累又餓，可是在這山上，去哪裏能夠找到一戶人家呢？而現在的時令季節，山上也不可能有野果可以充饑。

在縣城裏的時候，他要羅中明將組建起來的搜捕隊，秘密調到考水村附近的一帶隱蔽，為的是控制住考水村周邊地區的安全，也不知道現在羅中明把搜捕隊安置在什麼地方？要是遇上那股日本人，一旦發生衝突，事情就有些麻煩了。

他記得景白線公路是東西橫向的，他現在所處的位置，應該在考水村北面的茫茫大山之中，只要照這方向往南走，就算到不了考水村，也能到達景白線公路。

他辨了一下方向，沿著一個山谷往南走，下到谷底，見到一泓從地下冒出來的清泉，喝了幾口泉水，整個人頓時精神了不少。

在大山內，千萬不可亂闖，只要找著山民砍柴或打獵走出來的山路，照著方向，就可以走出大山了，否則，在山裏轉來轉去，不累死也會活活餓死。

他沿著那泓清泉形成的小溪流往下走，走不了多遠，感覺前面有動靜，偷偷躲到一棵松樹後面藏起來後，沒兩分鐘，見一隻顏色暗黃的動物從樹林中走出來，俯身到溪流中喝水。當他看清那動物的樣子時，大吃一驚，原來是一隻比牛犢還大的老虎。平生經歷過無數兇險的他，此時不敢大聲喘氣，怕被老虎聞到味道。以他現在的體力，根本沒法與這隻正值壯年的老虎拚搏。

那老虎喝了水，朝另一個方向走去了。過了好一陣子，劉勇國才敢從松樹後面現身出來，繼續沿著溪流往下走。

大約走了一個小時，終於看到從樹林中延伸過來的一條山道，在溪流的中間，還有幾塊山民放上去用來墊腳的石頭。

見到了山路，就說明離當地人住的地方不遠了，但往往這樣的地方，很可能遇上日本人。他一路走走停停，不時聽聽樹林內傳出的聲音。那一聲聲不同音律嬌啼婉轉的鳥鳴，伴隨著山林獨特的韻味，居然勾不起他半點欣賞的心情。此時的他，根本沒有文人騷客的那種雅興，只想快點找到一戶人家，儘快實施他的救人計畫，把那個至關重要的人物，從日本人手裏救出來。

拐過一道山梁，站在一處樹木較為稀疏的土坡上，他居然看到前面不遠處的山林間，露出房屋的青簷翹角。心中大喜，腳下不禁加快了腳步。

往前大約走了幾百米，他終於從林間看到了當地那特有的徽式建築的屋子。奇怪的是，那屋子並不大，而且只有一間。

就算是再偏僻的山村，住著一戶人家，也絕不可能只有一間屋子的。

他站在距離那間屋子幾十米的地方，沿著那間屋子繞了大半個圈，認出這是山民用來祭神的山神廟。在山神廟中，都有一些祭品。

管他呢，只要能吃飽肚子就行，山神也不會怪罪的。他正要向山神廟走去，突然從山神廟前面的山道上，走過來幾個人。

他一看那幾個人的樣子，心道：完了！

槍聲就是信號。

站在墳墓上方山頂上的幾個年輕人，警覺地朝槍聲傳來的方向望了望，有一個人朝下面喊道：「德謙叔，好像是在北面！」

胡德謙說道：「不管他，你們多加幾十個人，守住祖宗就行！」

胡澤開豎起耳朵聽了一會兒，說道：「這不像日本兵三八大蓋的槍聲，倒像是美式衝鋒槍發出的。」

他原來與駐守在婺源的那個團的正規軍隊打過戰，那支國民黨部隊裏有配置的美式衝鋒槍，在一定的距離內，美式衝鋒槍發揮出來的威力很大，火力也很猛，聲音很清脆，子彈像雨點一樣灑過來，想躲都躲不了。那一次他吃了大虧，犧牲了十幾個同志。後來學乖了，一遇到那樣的情況，首先安排幾個槍法好的遊擊隊員，躲在暗處專打機槍手和拿衝鋒槍的士兵。

現在他的隊伍裏，還有兩把繳獲的美式衝鋒槍，不過那槍比中正式步槍要重得多，而且所用的子彈型號也不配。除了近距離打仗好使之外，幾乎一無是處。

胡德謙說道：「不是聽說縣裏那個團的正規部隊和保安團，都幾乎打光了嗎？怎麼還會……」

胡澤開說道：「人打光了，並不代表武器沒有了。有些武器是可以從戰場上揀回來，重新裝備部隊的！」

苗君儒問道：「胡隊長，你的意思是，打槍的應該是縣裏的部隊？可是北面那邊不都是山嗎，他們在哪裏做什麼？」

胡德謙說道：「是呀，我雖然派人送信給汪縣長，可也沒有那麼快呀，再說，就算縣裏來人，應該先到村裏才對，怎麼會跑到那邊去呢？」

那槍聲持續了一陣，便再也聽不到了。大家走上墳墓上方的山頂，朝那邊望了一會兒。胡澤開說道：「我帶幾個人過去看看！」

胡德謙說道：「還是我派人去吧。要真的是縣裏派來的，他們見到了你，還不把你抓起來啊？」

胡澤開冷笑道：「我打了那麼多年的遊擊，還沒聽說哪個人能抓得住我。能抓住我的人，還沒有生出來呢！」

苗君儒正色道：「胡隊長，我知道你是一條好漢，但凡事皆有定數，現在我送你四句話，你聽清楚了。」他清了清喉嚨，接著說道：「仇自生來恨自生，同是胡氏子弟門，他年子孫祭祀日，猶憶英雄松下魂。」

胡德謙聽了之後，怔怔地望著苗君儒，眼中含淚說道：「苗教授，老朽我如果能夠逃過這一劫，絕不忘記你的大恩大德！我胡氏後代子孫，一定奉苗姓人為恩人！」

其他幾個人都驚住了，苗君儒那四句話，是說給胡澤開聽的，胡德謙怎麼說出那樣的話出來。而那四句話中的意思，是再明白不過了，只要不是傻子，都能聽出裏面的意思。

胡澤開哈哈笑道：「人總是要死的，我死了之後，要是每年都有人來祭拜我，死也死得瞑目了！」

說完後，他拔出手槍，朝站在墓葬金階下方的兩個遊擊隊員叫道：「走，我們去看看！」

苗君儒大聲道：「胡隊長，你的任務不是保護我嗎？」

胡澤開停在原地，用手搔了搔頭，憨憨笑道：「打戰打慣了，一聽到槍聲就來勁，差點把上級交代的任務都忘記了！」他接著說道：「苗教授，要不我派他們回去，多帶點人過來，你看怎麼樣？」

李明佑說道：「這倒是好辦法，上川壽明既然認定傳國玉璽就在考水村，他一定不會善罷甘休的，外面的日軍隨時也會進攻，多一個人總有多一個人的好處。」

卡特說道：「他不是拿了龍珠去孽龍洞了嗎？怎麼還會來這裏？」

苗君儒說道：「就算他不來，有一個人一定會來！」

卡特猜出來了：「你是指我們在重慶見過的那個白髮神秘老頭？」

苗君儒點頭道：「他可比上川壽明要難對付得多！」

卡特說道：「這一路上我都在想，他到底是什麼人！」

苗君儒說道：「我也想知道他到底是什麼人，不過《疑龍經》在我身上，就算我不去找他，他也會來找我的！」

他下了山頂，把那兩個遊擊隊員叫到一旁，低聲吩咐了幾句，那兩個遊擊隊員點頭飛奔而去，身影很快消失在山道的盡頭。

胡德謙也叫了幾個本村的胡姓子弟，背上槍，朝村子北面響槍的地方過去了。

苗君儒說道：「胡會長，我們回村去，我想到明經書院原來的地方去看看！」

胡德謙說道：「那是，那是，但是你們幾位從那麼遠的地方來，一定很累了，要不先吃點東西休息一下！」

苗君儒笑道：「我倒想休息，可時間不允許呀！」

一行人回到村裏，沿著村中的石板路往前走，觸目所見全是古樸而考究的明清時期的古院官宅。胡德謙一路向苗君儒他們解釋著，哪一棟是進士官邸，哪一棟是令尹府。斑駁滄桑的粉牆碧瓦與雕樑畫棟，無聲地述說著舊時主人的豪氣，破敗垮塌的飛簷翹脊與樓台亭榭，無不顯露出這個村子昔日的輝煌，然歲月無情，歷史早已經抹去了一切榮譽的痕跡，留下的，也只是無數令人遐想的斷壁殘垣。

轉過一道街角，迎面是一座高大的牌坊，整座牌坊為青石雕刻疊架而成，高約十米，寬約四米，共為三層簷頂。四根正方形的石柱並排支撐著石樑、石匾、頂蓋，形成中間大門、兩側對稱小門的佈局。坊頂亭蓋為仿木古雕鑿件。中間一橫匾，正反面分別陰刻隸書大字「進士及第」和「才高德厚」。亭蓋、橫匾石樑飾以「雙龍戲珠」的圖案。兩側小門頂端飾以「龍鳳呈祥」、「花鳥動物」圖案。石樑頂端均鑲有一塊麒麟石雕匾。整個牌坊結構嚴謹精緻、造型美觀大方、雕刻工藝精湛，具有很高的藝術價值。在牌坊的右下方，還有一塊兩米多高，一米多寬的青石碑，上書「文官落轎，武官下馬」的宋體大字，落款時間是：大宋嘉泰三年秋。

嘉泰是宋寧宗趙擴的年號。也就是說，這座牌坊和這塊御諭石碑，在這裏豎了近九百年，見證了考水村所有的榮譽與輝煌。

卡特撫摸著牌坊兩邊石柱子上的雕刻花紋，連連說道：「精美絕倫的東方雕刻藝術，太不可思議了！」

過了進士牌坊，到了村子的東北角，來到幾塊用碎磚頭砌成籬笆的菜地前。李明佑隨手從地上撿起幾塊碎磚頭，說道：「苗教授，這是宋代水紋青磚，俗稱三六九，這種青磚的燒製時間長，吸水性強，具有一定的防潮作用，通常是用來做基腳用磚和墓室磚的！」

苗君儒說道：「黃村的祠堂是康熙年間建的，而這個書院也是康熙年間遷移的，這兩件事之間，或許有什麼聯繫！」

胡德謙指著那幾塊菜地說道：「應該就在這些地方了。苗教授，你想做什麼？」

苗君儒說道：「能不能找幾個人來，每隔三米左右，打一個一米到兩米深的豎井。」

胡德謙非常為難地說道：「村裏宅基建屋，打到一米深就見水了。你以為這地下還會有什麼？」

卡特笑道：「說不定像黃村那樣，會有一座地下宮殿什麼的！」

李明佑將苗君儒拉到一旁，低聲說道：「苗教授，我雖然對傳國玉璽的研究課題很感興趣，可是現在的情況，一旦我們找到傳國玉璽，豈不是便宜了日本人？你這麼做，豈不是在幫日本人的忙？」

苗君儒說道：「幫誰的忙，現在還說不定呢！我不是說過嗎，既然他們認為傳國玉璽就在這裏，那我只好幫著找找了！」

胡德謙說道：「你們幾位先去吃飯，我馬上安排人打豎井。苗教授，我們村的安危可就全靠你的了。」

李明佑憂心忡忡地說道：「苗教授，我認為我們現在要做的，就是怎麼樣想辦法對付日本人，而不是在這裏找什麼傳國玉璽。」

苗君儒笑道：「沒有傳國玉璽，我怎麼跟上川壽明去談判？只要我努力了，就算找不到，我想他們也不會怪我的，別忘了我的兒子和胡會長的兒子都在他們手裏呢！」

胡德謙罵道：「那個畜生，不提也罷，由著日本人是殺是剮！」

苗君儒笑道：「日本人才捨不得殺一個對他們有用的人。」

幾個人回到胡德謙家，剛吃過飯。胡福旺從縣城裏回來了，帶回了汪縣長的一封回信。胡德謙看了信之後，臉色頓時變得很難看。

胡澤開問道：「是不是狗日的縣長不肯派人來？」

胡德謙苦笑道：「汪縣長說得到上面的消息，日本人隨時會再次進攻婺源，他現在正安排各鄉的壯丁，想辦法抵抗日本人。」

胡澤開說道：「我就最討厭和日本鬼子硬碰硬，鬼子的武器好，射程遠準度高，吃虧的總是我們。還倒不如讓鬼子進來，再打他們一個冷不防。媽的，不來就不來，有我手底下幾十號人，對付那股日本人，足夠了！」

臨近正午時分，苗君儒把那張拓片放在桌子上，和李明佑一起細心研究起來。拓片上的字符由左到右豎著排列，四排，第一排四個字符，第二排三個，第三排四個，第四排三個，字符有大有小，一共有十四個。第一排第一個字符像一朵空中漂浮的雲，第二個像一條在雲中翱翔的龍，第三個是象形文字中的「山」字，第四個像座佛塔。第二排第一個字符是兩個圓圈，大圈套小圈，第二個是鳥篆文字中的「帝」字，第三個卻是鳥篆文字中的「心」字。第三排第一個卻像一棟房子，第二個卻是一座橋，第三個是象形文字中的「人」，第三個字符看上去像是兩個人在打架，人的下面卻有兩條水紋。第四排的第一個字符像一本翻開的書，另三個字符很奇怪，彎彎曲曲的，什麼都不像，不知道在畫些什麼。

由於拓片是用墨汁從石壁上拓下來的，可以推斷，石壁上的字符，應該是從右到左排列。

李明佑低聲說道：「苗教授，我從來沒有見過這樣的字體，既不是鳥篆，也不是象形字，依我看，應該都是圖案或者符號，好像是指引什麼的。你看第三排第三個符號下面的水紋，和那塊青磚上的水紋一樣。」

他看了一會兒，也看不出什麼意思來，連連搖著頭。

苗君儒微微皺著眉頭，他似乎看出一點玄機來了，第四排最下面的那三處彎彎曲曲的線條，與他去八卦墳時走的那三道彎，非常的相似。第三排第二個字符中的那一座橋，與村東頭那座維新橋，竟有幾分相似。

他聽胡會長介紹過那座維新橋，雖然是戊戌變法的那年重修的，但模樣上跟以前大體相似。正如他想的那樣，拓片上的玄機，應該與整個村子有關的。

約莫時間差不多了，正要打算動身去村東頭，看看打豎井的情況怎麼樣。突然從外面衝進來一個人，喘著氣叫道：「德謙叔，不好了，不好了，出事了！」

胡德謙罵道：「慌什麼，沒看見有客人嗎？」

那個人看了一眼苗君儒他們，走到胡德謙面前，說道：「那幾個人回來了，德欣叔他……他……」

胡德謙一聽急了，問道：「你快點說，德欣他怎麼了？」

那個人哭道：「他們把他抬回來的，沒有進村，就放在村西頭的涼亭裏！」

胡德謙如同被人打了一棍，差點倒在椅子上，他歎了一口氣，問道：「怎……怎麼會這樣？不是還有一個人的嗎？」

那個人哭道：「只有德欣叔，沒見著那個人！」

胡德謙緩緩說道：「你去對他們說，直接抬到祠堂裏去！」

按當地的風俗，死在外面的人，屍體是不能進村的。胡德謙那麼做，也算是破了例。

那個人轉身離開了。

苗君儒來到胡德謙面前，低聲說道：「我想去看一看他！」

胡德謙無力地點了點頭。

苗君儒和胡澤開等人來到胡氏祠堂，見祠堂裏已經圍了一些人，一個七十多歲的老婦人癱軟在地上，幾個婦人在旁邊陪著，正好言相勸。可無論她們怎勸，老婦人那歇斯底里的哭喊，讓人感受到她來自心靈深處的無助和絕望。人世間有三大悲慘之事，是老年喪子，中年喪偶，幼年喪父母，這種失去至親之人的痛苦，不是每個人都能體會的。

胡澤開隨大家走進祠堂，一眼看到了擺在祭祀堂門口右邊的一塊木板，木板上的人用白被單覆蓋著，被單上浸了一些血跡，旁邊的地上有剛剛點上的香燭和正在燃燒的紙錢，另一邊放著一具剛從祠堂裏面抬出來的大紅棺材。

兩個披麻戴孝的男子，跪在那塊木板的下方哭泣，其中一個年紀和胡澤開相仿的男子起身抱住他大哭道：「澤開哥，從今天開始，我們兩兄弟就跟著你了，你說幹什麼就幹什麼，只要能為我爸報仇！」

胡澤開安慰道：「放心，德欣叔的仇，我一定會替他報的。」

他走過去，掀開那白色的被單，見胡德欣滿身是血，一雙虎目強睜著，胸前滿是彈孔，腹部有一個巨大的傷口，是被刀剖成的。他說道：「正是美式衝鋒槍造成的傷，我原來的幾個同志，被美式衝鋒槍打了之後，身上也是這樣的傷口！只是這腹部的刀傷，不像是刺刀刺出來的。」

苗君儒抽出隨身攜帶的那把佐官刀，在傷口上比了一下，不用他多說，大家都明白了。

胡澤開說道：「他和另一個人不是昨晚在小廟那邊失蹤的嗎，難道他們遇上了拿美式裝備的日本鬼子？」

苗君儒說道：「中國人可以用美式裝備，日本人就不能用嗎？」

胡澤開說道：「我聽一個在蘇北那邊打了幾年日本鬼子的同志說過，日本鬼子用的都是日本製造的武器。」

卡特說道：「也許活躍在婺源的那股日本人，與戰場上的日本軍人不同！」

他回頭問那幾個把胡德欣抬回來的人：「你們是在什麼地方看到屍體的？」

其中一個人回答說：「是在離小廟不遠的一個山谷裏，那裏還有幾個日本人的死屍，我們本想割下那幾具死屍的頭回來祭德欣叔，又怕日本人追過來，所以抬了德欣叔就走！」

胡澤開用手撫住胡德欣的眼睛，說道：「德欣叔，我胡老虎對天發誓，一定替你報仇，親手用日本鬼子的頭來祭奠你！」

胡德欣的眼睛居然慢慢地合上了。

站在祠堂裏，苗君儒望著祠堂內做工精細考究的雕樑畫棟，上面的人物山水與花鳥蟲魚，無不栩栩如生；那一根根木柱，直徑都有二三十公分粗細，鋪在地上的青石板，每一塊都在三尺見方，平平整整，沒有半點起伏凹陷。內堂上方的門匾，上面金邊鑲刻著「世德堂」三個隸書大字，顯得蒼勁渾厚有力。

這座祠堂雖比不上黃村的祠堂那麼氣派，但也一樣充滿著神秘感。

祠堂裏有人開始佈置靈堂，苗君儒他們幾個人依次給胡德欣上了香，離開了祠堂，要去村東邊，看看那裏的情況。走出祠堂大門，卡特不小心一個踉蹌，差點摔倒，幸虧李明佑扶住。苗君儒偶爾回了一下頭，腦海中靈光一閃，感覺這祠堂的正門上方的翹簷，似乎與那張拓片上第三排第一個符號有幾分相似。

當他走下祠堂台階時，感覺這台階並不平整，初看上去，似乎是由於年代久遠，石板的表面有些凹凸不平，但仔細一看，卻發覺石板很光滑，隱約呈水紋狀。

他微微一笑，也不說話，看來那張拓片上的玄機，和這座祠堂有關。

幾個人來到村東，見十幾個村民正在那裏打豎井，有幾口豎井已經打到一米多深了，地下已經溢出水，再挖出來的土，都是黃色的實土。

李明佑捏了一把那些濕土，說道：「苗教授，我看沒有必要再挖下去了！」

苗君儒說道：「是沒有必要再挖下去了！」

李明佑問道：「可是那張拓片上的秘密，到底在哪裏呢？」

苗君儒說道：「我也想知道。」

李明佑看著手裏的濕土一點點的從指尖滑落，說道：「要不我們還是別找了，別讓我們成為日本人的幫兇。」

苗君儒皺著眉頭說道：「郭陰陽告訴我，要我不能小看那個白髮老者，就算我們找不到傳國玉璽，白髮老者可以通過我身上的這本《疑龍經》，找到龍脈所在。我感覺那張拓片上的秘密，應該就在這村子裏。拓片上的水紋，與祠堂的台階一樣，還有那些圖案，都能從村子裏找到類似的建築物。那族譜上的詩，應該與拓片上的圖案有關。」

幾個人沿著街道往前走，沿途見村裏的村民，一個個用奇怪的眼神看著他們。

苗君儒對胡澤開說道：「我想去一趟縣城找汪縣長，你敢跟我一起去嗎？」

胡澤開說道：「有沒有不敢？我還想見一見用五千大洋買我人頭的人呢。」

李明佑說道：「苗教授，我和你一起去吧！」

苗君儒把那張拓片交給李明佑，說道：「李教授，你和卡特先生先休息一下，然後研究這張拓片，說不定等我回來，你已經有結果了呢！千萬要保存好，傳國玉璽的秘密就在這裏面。也許日本人找胡會長要的，就是這張拓片。依上川壽明對玄學和中國古代文化的造詣，這張拓片一到他的手裏，他們的計畫就成功了一大半。」

李明佑接過那張拓片，無奈地點了點頭，問道：「你大概什麼時候回來？」

苗君儒說道：「傍晚之前我們一定趕回來！」

到胡德謙家後，苗君儒單獨與他說了幾句話，接著要了兩匹馬，和胡澤開一起往縣城而去。

一九四五年三月十三日上午。

婺源縣城。

縣政府中的縣長辦公室。

汪召泉坐在一張很大的楠木太師椅上，腳邊的地上有很多煙蒂。

秘書推門進來，看到他的樣子，上前小心翼翼地說道：「汪縣長，外面那幾個局長和一些鄉紳都等急了！」

汪召泉罵道：「等急了就滾回去，誰要他們來的？真是越忙越亂！」

劉師爺從旁邊一道側門進來，聽到汪召泉說那樣的話，忙上前對秘書說道：「你先出去，我勸勸汪縣長。」

等秘書出去後，汪召泉跳起來，一把抓住劉師爺，說道：「你終於回來了！」

劉師爺嘿嘿一笑，說道：「汪縣長，我怎麼敢不回來呢？我只不過是出去辦點事罷了！」

汪召泉惡狠狠地說道：「你到底是什麼人？」

劉師爺說道：「放心，我是道道地地的中國人！」

汪召泉問道：「你把我的大印拿去，到底想做什麼？」

劉師爺神秘兮兮地笑了一笑，說道：「也沒什麼，去還一個人的債！」

汪召泉問道：「你還人家的債，為什麼要用我的大印？」

劉師爺說道：「沒辦法！其實我那麼做，都是為了你好！你想想，要是日本人手裏的人質，在我們縣裏出了事，你頸上的人頭還能保得住麼？」

汪召泉怒道：「你在替日本人辦事？」

「噓，小聲點，別讓別人聽到！」劉師爺說道：「早在兩天前，東門外雜貨店的老闆就找到我，說是想和我做一筆生意。」

汪召泉耐著性子問道：「什麼生意？」

劉師爺說道：「他把兩個人放在我們的大牢裏，是一男一女，單獨關著，絕對不能讓別人知道他們是什麼人，說是等過了三月十五，就把他們手裏的人質交給我們！這事我一直沒敢對你說，怕你壞事！」

汪召泉問道：「他們是什麼人？」

劉師爺說道：「我也不知道，說的是外地的口音，好像都是知識份子。我早就看過了，並不是電報上說的那個大人物。」

汪召泉說道：「虧他們也想得出來，把人關在我的大牢裏。」

劉師爺說道：「我們什麼事都不管，只求平平安安地到三月十五日，他們把人質給我們，就是大功一件。上面說派個什麼上校過來，可今天都十三號了，那個上校人影都沒見。我這麼做，也是沒有辦法，主動權都在他們的手裏。」

汪召泉歎了一口氣，說道：「萬一後天他們不把人質交給我們，那怎麼辦？」

劉師爺說道：「這事我也想過，萬一他們不把人質交給我們，我們只有把牢裏的兩個人殺了！」

汪召泉驚道：「為什麼要殺他們？」

劉師爺說道：「他們可是關在我們的大牢裏呀！萬一讓外人知道這件事，我們還有命嗎？」

汪召泉問道：「殺了他們之後呢，我們怎麼辦？」

劉師爺說道：「還能怎麼辦？只有帶著全縣的人，找到那些日本人，和他們拚了，好歹撈個抗日的好名聲。就算丟官，也不至於丟命呀！你出去召集那些局長和鄉紳，就說得到上面的消息，日本人還要進攻婺源，要他們有錢的出錢，有力的出力。不管怎麼樣，我們得撈點養老的錢！」

汪召泉低頭說道：「也只有這樣了！」

看著汪召泉低著頭出去，劉師爺的臉上掠過一抹難得的笑意，轉身從偏門出去了。他離開縣政府，穿過了幾條街，來到一棟青磚大屋前，用手有節奏地敲了幾個門。門開了，從裏面伸出一隻大手，將他一把抓了進去。

第五章

被綁架的人質

苗君儒說道：「我懷疑縣長的身邊有日本人，
要他回縣城後特別留意，現在應該有結果了！」
胡澤開說道：「你該不會想回去找他吧？」
苗君儒說道：「多一個人多一份力量，我們剛逃出來，
現在又轉回去，那些想抓我們的人，一定沒有想到！」

一九四五年三月十三日上午。

距離考水村十里山路的山神廟。

劉勇國躲在樹叢中，靜靜地看著那幾個人走近山神廟。他早已經看清那幾個人的樣子，雖然那幾個人穿的是本地人的服飾，但走路的姿勢已經徹底地出賣了他們。

絕大部分日本人都是羅圈腿，走路的樣子明顯與本地人不同。而且他們走路的時候，不時張頭四望，一副很警覺的樣子。本地人走路的時候，大都看著腳下的路。況且這是進山的路，若是本地人，身上怎麼沒有柴刀或是挑棍呢？

那幾個人在山神廟前站了一會兒，其中一個人朝後面打了一下手勢，緊接著，十幾個日軍從樹叢中魚貫而出，在那些日軍的隊伍中，他看到一張熟悉的面孔。儘管那人穿著日軍的軍服，但他一眼就認出來了。

來婺源之前，沈醉很鄭重地告訴過他，要他不惜一切代價，都要保證那個人的生命安全。他原想調動特訓處的特工人員，組成救援小組，從日本人手裏強行把人救出來。可是想了一下之後，覺得這個辦法根本行不通。日本人能夠在重慶把人弄走，一定早就考慮到國民黨這邊的救援計畫。

什麼叫投鼠忌器？

當他仔細品味離開重慶時，沈醉最後對他說的那幾句話後，就明白那四個字的真正含義了。沈醉那話中的意思很明白，就是當局沒有辦法用別的方式去救人，要他憑一己之力，在不驚動日本人的情況下把人救出來。

沒有外援，就靠他和他帶來的那兩個手下。好在沈醉出於某些方面的考慮，送了一台最先進的美國電台給他，以便他利用偵訊電台波段，準確找到那股日本人的位置。

他躲在樹叢中思索了一陣子，身子悄悄後退，往另一個方向走去。

兩個多小時後，他拐過一道山彎，終於看到了一個位於山坡下的小村子。他找到了村頭的一家農戶，敲開門，從裏面出來一個五十多歲的老人，可無論他怎麼說，就是聽不懂他的話。處在大山深處的山民，一輩子都很難走出大山，除了本地方言，其他的話都聽不懂。

好在他身上還有些法幣，忙拿了出來，連比帶劃地說清楚了大致的意思，就是想用錢買飯吃，另外換一身本地人的衣服。

那老人一臉茫然地搖了搖頭，轉身進去了。沒一會兒，端了一碗水出來。

他捧起碗，剛喝了兩口，突然腦後生風，正要扭頭去看，後腦遭到重重的一擊，頓時身體一軟，癱倒在地。

從屋子裏衝出一個精壯的年輕人來，手裏拿著繩子。那老人用本地話說道：「前些天鄉里不是派人下來說，要是遇到不認識的外地人，就去報告嗎？先把他綁起來，你們再去鄉里報告，說不定能換幾塊大洋的賞錢。」

那個年輕人把劉勇國綁好，扔進旁邊的小柴房。轉身進屋背了一把打獵用的火銃，拔腿就往高砂走。離村大約走了四五里地，轉過一個山腳，遠遠見前面來了一隊人，走近了些，他認出走在最前面的，是前些天帶人到村裏來下通知的高砂村的保長，後面的那些人，好像是縣裏的員警。他迎了上去，把抓住一個外地人的情況說了。

跟在保長身後的羅中明吃了一驚，問清被抓住那人的長相後，連連說道：「壞了，可能是自己人，日本人絕不可能單獨一個人的！」

他忙催那年輕人往回走，進了村，他跟在年輕人的身後來到柴房前，推開柴房一看，果然是劉勇國。

劉勇國微微笑道：「想不到淳樸的婺源人，居然是這樣待客的。」他被鬆綁之後，接著問道：「不是叫你去組織搜捕隊的嗎，怎麼這麼快？」

羅中明氣惱地說道：「別提那事，我拿著文書正準備到各鄉去組織搜捕隊，不料縣裏又下了文，說日本人還可能再進攻婺源，各鄉集中起來的壯丁，要歸縣裏統一調配。我沒有辦法，只好帶著自己手下的幾十個兄弟下來了。剛到高砂村，就聽保長報告說，今天一大早，考水村有人去縣裏找汪縣長，我猜想考水村一定出事了，本想直接帶人去考水，可想到你說過的話，所以就沒去。我聽保長說，前天這個村裏有人進山砍柴，晚上沒有回家，村裏派人出去找，也沒有找到，所以我想過來看看，沒想到居然遇到了你！你怎麼會出現在這裏呢？」

劉勇國說道：「別提了，麻煩你對他們說，弄點吃給我，然後再給我一套衣服和鞋子！」

吃飯的時候，他向羅中明瞭解了這個村子的情況。原來這個村子只有六七戶人家，村裏的人靠著砍柴打獵和那幾畝薄田為生，考水村和這裏相隔著兩座山。從這裏到考水村，腿腳利索的人要走兩三個小時。前面一個山谷中，有一個破敗的山神廟，平時廟裏有一個看門的啞巴老頭，前些天，村裏有人見那啞巴老頭去齊雲山拜祖師爺，一直沒有回來。

吃過飯，劉勇國照著那幾個村民的描述，用木炭在紙上畫了那看廟老頭的樣子。他換上一套當地老人的衣服，又用一個破袋子裝了一些紅薯。才對羅中明說道：「你可以帶人在這一帶搜山，但最好不要靠近山神廟。」

羅中明問道：「為什麼？」

劉勇國說道：「我怕你會影響我的行動！」他似乎想起了什麼，接著說道：「要麼你乾脆帶人去考水那邊，對胡會長說我沒事，他的人很可能死在日本人手裏了，要他派人去找！」

羅中明說道：「你一個人就這麼去，萬一……」

劉勇國說道：「重慶來的苗教授也在那裏，他應該會教你怎麼做！」

說完後，他背上那袋紅薯，在眾人的目送下往村背後的山上走去了。

一個小隊長模樣的員警上前問羅中明：「局長，我們去考水？」

羅中明點點頭，說道：「找幾個熟悉山上情況的人來，你帶人搜山，我先帶幾個人去考水！你傍晚邊去考水見我！」

小隊長敬了一個禮，大聲說道：「是！」

羅中明站在台階上，遠遠地望著劉勇國那漸漸消失的背影，目光逐漸迷離起來。

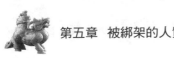

卻說苗君儒和胡澤開騎馬進了縣城，直接來到縣政府大門口，下馬剛上台階，還沒進大門，就被一個副官模樣的人攔住。

那副官一拍掛在腰間的盒子槍，大聲凶道：「你們懂不懂規矩，哪有大大咧咧往裏面闖的，幹什麼，幹什麼？」

苗君儒說道：「我們要見汪縣長！」

那副官上下打量了他們兩人一番，斜著眼說道：「汪縣長豈是說見就能見的？裏面那幾位局長和縣裏的老爺們，都等一兩個小時了。你們要見汪縣長的話，先到外面排隊去！」

苗君儒朝縣政府門口看了看，也沒見什麼人在排隊，便問道：「請問去哪裏排隊？」

那副官嘿嘿一笑，說道：「一看你就是從外地來的，不懂我們這裏的規矩！」他指著前面的一條巷子，繼續說道：「看到沒有，從那裏進去，看見有一個小門的地方，到裏面登記，登記完後，縣長有時間的話，自然會見你們的！」

胡澤開一聽火了，罵道：「哪裏來的那麼多臭規矩？」

說完後他推開那副官，硬要往裏闖。不料從旁邊衝出十幾個持槍的士兵，齊刷刷把槍口對準了他。

他怒火萬丈，大聲叫道：「打日本鬼子的時候，也沒見到你們有多本事，對付起自己人來，反倒比狗還凶！」

那副官拔出了腰間的槍，凶道：「居然敢罵我們是狗，兄弟們，把他們兩個傢伙抓起來，關進大牢再說！」

胡澤開不甘示弱，飛快拔出腰間的兩把盒子槍，張開機頭對準那些士兵，雙方劍拔弩張，一觸即發。

那副官叫道：「反了你了，還敢帶槍衝縣政府！」

苗君儒一把抓住那副官，說道：「趕快帶我們去見汪縣長，如果誤了事，只怕你吃罪不起！」

那副官把手裏的槍一擺，叫道：「把你的手放開，再不放開我就開槍了！」

苗君儒也火了，轉手一抓，已經將那副官手裏的槍搶到手裏，叫道：「我是從重慶來的，有事要見汪縣長！」

一聽是從重慶來的，那副官臉上憤怒的表情一下子僵住，慢慢地換上一副很古怪的面孔，有幾分尷尬和獻媚，又有幾分害怕和後悔，剛才說話時的那種蠻橫與霸道，瞬間消失得無影無蹤。怔了半晌，才結結巴巴地說道：「原來……原來你是從重慶來的，剛才……剛才實在是……多有冒犯……多有冒犯……」

接著，又朝那些士兵揮了一下手，罵道：「還圍著做什麼，沒聽到是從重慶來的嗎？都給我滾！」

那十幾個士兵灰溜溜地退到一邊去了。

苗君儒把槍還給那副官，說道：「在前面帶路！」

那副官在前面帶路，一邊走一邊說道：「你要是早說是重慶來的，就沒事了。上面已經交代下來，說有重慶那邊的大人物要來！」

苗君儒微微一笑，並不搭話，副官說的重慶大人物，應該就是劉勇國了。

進了縣政府那與祠堂有幾分相似的辦公樓，苗君儒見來去的人一個個神色慌張，也不知道發生了什麼事。走上樓梯時，見上面下來七八個人，同樣也是神色慌張，兩個本地鄉紳模樣的人，正低頭說著話。經過他們身邊時，他聽到其中一個人說：「這可怎麼辦，又來了，前陣子死了那麼多人，我看這一次是頂不住了！」

那副官說道：「別聽他們瞎說，有你來就好了。縣裏也準備搬到清華去，大不了和日本人打遊擊！」

上了樓，副官推開一扇黑色雕花木門，對裏面說道：「汪縣長，重慶的人來了！」

苗君儒走了進去，見一個四十多歲，穿著筆挺中山裝，樣子有些憔悴的男人，正疾步走過來，抓住他的手，連聲說道：「劉上校，你來了就好了！我已經命令下面重新組織隊伍，交給你指揮。只要能把人救出來，用什麼辦法都行！」

苗君儒感覺這個人抓住他的時候，就像一個溺水的人抓住了一把救命的稻草，他說道：「汪縣長，你恐怕誤會了，我不姓劉，我姓苗！是以前在婺源失蹤的李教授的同事。不過他已經從日本人手裏逃出來了，現在考水村休息！」

那個副官還站在門口，聽他這麼說，低聲嘀咕道：「媽的，弄了半天，原來是個冒牌貨！」

汪召泉愣了一下，表情陰冷起來，淡淡地說道：「你找我有什麼事？」

苗君儒說道：「我想和你單獨談談！」

那個副官看了看汪召泉，得到默許後，轉身離開，並把門關上。胡澤開在外面走廊的一張椅子上坐了下來，把腿掛到另一張椅子上。

縣長辦公室內，苗君儒和汪召泉面對面坐了下來，他問道：「你怎麼知道劉上校來婺源了？」

汪召泉說道：「縣裏有電台！」

苗君儒說道：「按你剛才那話中的意思，劉上校是來救人的，他要救的是什麼人？」

汪召泉說道：「對不起，這是我們的秘密，不能對外人說！」他點燃了一支煙，問道：「你不是有事找我嗎？什麼事？」

苗君儒說道：「有一股日本人就在考水村的周邊，我想請你……」

汪召泉揮了一下手，打斷了苗君儒的話，說道：「今天上午胡會長已經派人送信給我了，我也在信裏回覆他了。縣裏現在真的抽不出人來，真的是沒有辦法！」

苗君儒說道：「你知道日本人為什麼會來婺源嗎？」

汪召泉有些茫然地搖頭：「我問過上面，可上面至今都沒有回答我！」

苗君儒說道：「也許他們也不知道到底是怎麼回事，不過我知道！」

汪召泉急道：「那你說說，到底是怎麼回事？」

苗君儒說道：「你是婺源的縣長，應該知道本地的一些情況吧？」

汪召泉問道：「你是指哪方面？」

苗君儒說道：「有關考水和黃村的！」

汪召泉想了一下，說道：「我來婺源沒幾年，一般都在縣城裏，很少下鄉，對鄉下的情況不是很瞭解，不過我知道考水是個大村子，出過不少人，縣誌上也有記載，至於黃村，我所知道的就只有那座百柱宗祠了！」

苗君儒問道：「你怎麼知道昨天晚上百柱宗祠會出事，還派保安大隊的方隊長帶人過去？」

汪召泉連忙說道：「沒有呀，我沒有派人過去，再說，我怎麼知道昨天晚上百杜宗祠會出事？」

苗君儒說道：「可是方隊長說，他在帶人回縣城的路上，接到你派人送去的文書，要他直接帶人到白杜宗祠去抓人。」

「你說什麼？文書？」汪召泉說道：「一定是他幹的！」

苗君儒問道：「誰幹的？」

汪召泉說道：「是劉師爺，他把我的大印和縣政府的大印都拿走了，不知道要做什麼！」

苗君儒問道：「他人呢？」

汪召泉朝左右看了一眼，說道：「剛才他還在這裏的，不知道去哪裏了！當年我在贛州的時候，他就一直跟著我，多年來都很聽話的，不知道這幾天突然……」

苗君儒略有所思地點了點頭，說道：「我果然沒有猜錯，你身邊的人有問題！日本人真是無孔不入！」

汪召泉說道：「他不是日本人，這一點我可以保證！」

苗君儒說道：「這種時候，不管他是不是日本人，你都不能再相信他了！」

汪召泉說道：「那你說我現在該怎麼辦？」

苗君儒說道：「調人到考水村去，如果我沒有猜錯的話，那裏將要發生一場大戰，時間應該就在這兩天！」

汪召泉說道：「我怎麼相信你的話？你說你知道日本人來婺源的原因，那你告訴我，到底是為什麼而來的？」

苗君儒說道：「龍脈！」

汪召泉瞪著眼睛說道：「婺源有龍脈嗎？雖說婺源也出過像朱熹那樣的夫子，也有被稱為鐵路之父的詹天佑，可從古至今，沒有出過一個皇帝呀！」

苗君儒說道：「你懂什麼，如果有一個高人用了移天補地之法，製造出了那麼一個地方，吸收日月精華和天地靈氣，達上千之久，就可以依地成脈，若再以龍氣灌入，就成了龍脈！」

汪召泉微微笑道：「你說的這些我都聽不懂！」

苗君儒耐著性子繼續說道：「日本的玄學大師上川壽明就在婺源，他就是衝著龍脈來的，除了龍脈之外，還有什麼能夠讓他來婺源嗎？」

汪召泉說道：「那你告訴我，昨天晚上在黃村的百柱宗祠發生了什麼事？」

苗君儒說道：「我和上川壽明都在那裏，後來遇上了方隊長！」他不想再囉唻，直接說道：「我見過劉上校，他也說是來救人的，是一個很重要的人，我不管那個人是誰，如果你也救人的話，就立刻派人去考水，守住那座八卦墳，明白嗎？」

汪召泉聽得一頭霧水，似乎還沒有反應過來，他說道：「既然你說見到了劉上校，那就麻煩你帶他來，我把全縣的人都歸他調配，只要能夠把人救出來，他想怎麼樣就怎麼樣！」

苗君儒費了那麼多口水，見汪召泉還是一副懵懵懂懂的樣子，只得說道：「信不信隨便你，萬一耽誤了救人，只怕你吃罪不起！」

說完後，他轉身出了門，對坐在走廊裏的胡澤開說道：「胡隊長，我們走！」

兩人剛到樓梯口，迎面遇上那副官，此時副官身後帶著好幾十個人，一個個手裏都有槍。

副官得意地望著胡澤開：「你進來的時候，我就覺得面熟，原來是大名鼎鼎的胡老虎，哈哈，也活該我走運，只要抓到你，升官發財可都全齊了！弟兄們，給我上！」

胡澤開眼疾手快，拔出槍「叭叭」兩槍，放倒衝在最前面的兩個人，迅速閃身到一根柱子後面。

苗君儒見狀不妙，快速退回到縣長的辦公室。汪召泉見他又進來了，而且外面傳來槍聲，剛要問話，不料被他一把抓住衣領，整個人幾乎懸空了，忙叫道：「苗……苗先生……你……你想幹什麼？」

苗君儒說道：「汪縣長，你手下那些人辦事不足，壞事有餘，日本人都打到家了，還想著抓人領賞！」

他說完，扯著汪召泉來到走廊裏。

辦公大樓裏的槍聲此起彼伏，縣政府儼然成了戰場，那副官手下的人躲在樓梯下面，大聲吆喝著：「抓住胡老虎，不要讓他跑了！」

那些人胡亂放著槍，也不敢再往上衝。樓梯上倒了幾個人，都沒死，發出一聲聲的慘號。

汪召泉問道：「誰是胡老虎？」

躲在柱子後面的胡澤開扭頭笑道：「這裏除了我還有誰？我說縣長大人，你開的價碼可不低呀，五千塊大洋呢，夠買好幾十條槍的了。」他朝樓下喊道：「下面的別亂開槍，你們縣長可在我們手裏呢！」

聽他這麼一叫，下面的人頓時不敢再開槍了，有幾個膽大的人，還從藏身的地方走出來，看清那個站在苗君儒身邊的，正是他們的縣長。

那副官叫道：「胡老虎，你可別亂來，想綁架我們汪縣長，你可是死罪！」

胡澤開笑道：「什麼死罪不死罪，你爺爺我已經死了幾十回了，有本事就上來，試試你爺爺我的槍法，剛才那幾槍是警告，讓你們流點血長點記性，下次可別再碰到我。再有不要命的，我可不客氣了！」

汪召泉的臉色頓時變得慘白，但他畢竟是縣長，當著下面那麼多人的面，不可能表現得那麼窩囊。他挺直了腰杆，一字一句地問道：「你們到底想幹什麼？」

苗君儒說道：「剛才的情況你都看到了，下面的人不讓我們走。現在我沒別的意思，只想你送我們出去！」

胡澤開走過來，用槍在汪召泉的胸口戳了一下，輕蔑地說道：「叫你手下的人留點神，我的槍可不是吃素的。媽的，什麼狗屁縣長，手下的盡是一些吃裏扒外的傢伙！」

他這兩句話，說得汪召泉的臉上紅一陣白一陣的，吶吶地說道：「胡……胡隊長……我知道你厲害，那時我懸賞抓你，都是上面的意思，我也沒有辦法。現在國共合作一致抗日，我們應該……」

胡澤開罵道：「還曉得國共合作一致抗日，你看看你樓底下的那些傢伙，在日本人面前有這麼張狂就好了！」

汪召泉強辯道：「這次日本人打婺源，縣裏不也……」

「少囉嗦！」胡澤開把槍頂在汪召泉的腰上，說道：「走，送我們出縣城！」

下面的那些士兵見樓上的人下來，忙退到一邊。那副官緊抓著手裏的槍，說道：「胡老虎，我們放你們走，你可別亂來！」

苗君儒和胡澤開推著汪召泉往外走，一路見到他們的人，都慌張地避開。出了縣政府大門，見他們騎來的那兩匹馬還在。

他們放開了汪召泉，飛快上了馬，向城外奔去。

那副官帶著人從裏面衝出來，舉槍向胡澤開的背影瞄準，卻被汪召泉一把按住。

那副官痛心疾首地說道：「汪縣長，他可是胡老虎，縣裏抓了那麼多年都沒抓到的！」

汪召泉陰沉著臉說道：「把子彈留著對付日本人！」

與考水村相隔一座山的山神廟。

山神廟並不大，一間黃土夯成的大屋子，就是用來供神的大殿，裏面供著一尊泥胎的菩薩。廟門口門廊上方的土牆內，嵌著一塊青石板，上面刻著山塢神廟四個字。旁邊有兩間低矮的小屋子，屋頂上蓋著茅草。一間是柴房和廁所，一間是用來做飯的廚房。

山神廟左側的山腳，有一條進山的山路，可通向考水。這座山神廟建於何年何月，也無從稽考了。當地人只知道很久以前，有天晚上，一個來山裏販藥材的外地人經過這裏，結果遇到了「鬼打牆」，被折騰得筋疲力盡，眼看就要死在這裏。外地人無計可施，只得跪在地上大聲喊：「如果山神有靈，請幫我驅走小鬼，來年我一定在這裏替你建廟，享受人間香火！」

說也奇怪，那人一說完，黑暗中出現一道金光，一個金甲天神出現他面前，指引他出山的道路。

揀回一條命後，那外地人並沒有食言，第二年便拿出五十兩銀子，求當地人建了這座小廟。按理說五十兩銀子的數目也不少，建一座磚瓦結構的廟宇都夠，可負責這件事的地保貪了錢，只建了這麼一座夯土廟宇。這事本來沒人知道，廟宇建成的兩個月後，地保突發怪病，胡言亂語，把那事也說了出來。地保的老婆嚇得半死，忙到山神廟許願，說只要丈夫沒事，就給菩薩上金裝。許完願回到家，果見丈夫沒事了。地保也知惹惱了山神，忙把貪的錢退出來，另外請人給廟裏的菩薩上了金裝。從那以後，山神廟的香火旺了起來。但是到後來，前去上香的人漸漸少了，山神廟的香火也冷落了下來。不過每年的正月十五，還是有不少鄰近山村的村民前來上香。後來山神廟被火燒了幾次，也倒塌過幾次，都是鄰近的村子湊錢重修的。

通往山神廟的山道上，遠遠地走來了一個步履蹣跚的老人，那老人背著一袋東西，走路的樣子很吃力，每走一段路，都要坐在旁邊的田埂上休息一下。

老人走近了山神廟，剛要進屋，冷不防從裏面衝出兩個人來，嚇得那老人一個踉蹌摔倒在地，背上的袋子落在身邊，從袋子裏滾出幾個紅薯來。

其中一個人上前撿起紅薯，笑著用日語說了一聲：「太好了，有吃的了！」

那老人驚恐地望著那兩個人，不知所措。這時，從廟裏又出來一個人，正是胡德謙的兒子胡福源，他看了老人一眼，對身邊的日本人說道：「我小時候來這裏拜過神，這廟裏就他一個人，是個啞巴，無論說什麼他都聽不懂的！」

一個穿著軍服的中佐從裏面走出來，用流利的中國話說道：「你叫他去給我們做飯吃！」

胡福源點了點頭，走到老人的面前，連比帶劃說了一大通。那老人從地上爬起來，佝僂著身子，提起那袋紅薯，走進了旁邊的茅草屋。

那中佐望著老人的背影，眼中似乎閃過一絲疑惑。他剛才見到老人去提袋子的手，顯得結實而修長，並不是老人應有的那種乾枯老瘦。

劉勇國的化妝技術縱使再高，也不可能完全把自己變成老人。

那中佐轉身進去了，過了一會兒，陪著一個穿風衣戴禮帽的中年人走了出來。那中年人朝茅屋看了看，微微露出一抹冷笑。他一揮手，立即有十幾個端著美式衝鋒槍的日本兵，將茅屋團團圍住。

那中年人朝裏面說道：「老朋友，我就是日本關東軍特別行動二處的小野一郎，我找了你好幾年，幾次都差點抓到你，可都被你逃了。想不到在這裏居然會遇上你！」

茅屋裏面傳出劉勇國那渾厚的聲音：「小野先生，想不到我栽在了你的手裏！」

小野一郎笑道：「再狡猾的狐狸，也會被獵人嗅出味道。你的化裝技術再好，裝得再像，總有露出破綻的地方。一個四十歲左右的男人，他的手絕對不可能跟六七十歲的老人相比，更何況是一個飽經歲月滄桑的老人！」

劉勇國明白過來，原來他的漏洞是在手上。他苦笑了一下，抹下臉上的化裝，坦然走了出去，面對小野一郎，笑道：「聽說你找了我好幾年？」

小野一郎說道：「當年淞滬大戰時，你從我們日本使館偷出一份絕密檔案。令使館武官小野正雄剖腹自殺。你知道嗎？小野正雄是我的叔叔，我父親小野太雄在『九一八事變』之前就死了，我從小是我叔叔撫養大的……」

劉勇國說道：「所以你想替你叔叔報仇？」

小野一郎說道：「身為大日本帝國的高級特工人員，我最主要的目的，是想除去你這個對我們影響很大的對手！」

身邊的那中佐說道：「你今天早上剛從我手裏逃走，現在逃不了吧？」

劉勇國後悔沒有從羅中明那裏拿兩支盒子槍，在這種情況下，最起碼臨死前也能找他幾個墊背的。他不虧是經驗豐富的特工，面對十幾支對準他的槍口，居然還能笑得出來，輕蔑地看著對方：「如果就這麼用亂槍打死我，你們不覺得太便宜我了嗎？」

小野一郎說道：「我想讓你自己選擇一種死法！」

劉勇國笑道：「小野先生，今天我栽在你的手裏，是由於我的疏忽。而你，卻依仗這麼多人才把我困住。我們都是特工，難道你不認為我們之間，應該有一場屬於我們自己的對決嗎？就算我今天死在你的手裏，可傳出去的話，對你的名譽也是一種侮辱。別忘了，你是日本的高級特工。我沒有別的意思，只想在臨死之前，見識一下所謂的『高級』這兩個字的含義！」

小野一郎臉上的表情抽搐了一下，問道：「你來這裏做什麼？」

劉勇國看了一眼周圍的人，笑道：「你不應該問這種幼稚的問題，難道你不知道你的手上，正拿著一顆最大的籌碼嗎？」

小野一郎的眼中閃現一抹怒氣，他似乎被激怒了：「不錯，你要救的人就在裏面，你想怎麼救他？」

劉勇國說道：「我想怎麼救是我的事，我承認我們之間第一個回合，我輸了！但是輸得不服，因為剛才注意到我的手的人並不是你，而是你身邊的這位中佐！」

中佐有些害怕地看了一眼小野一郎，說道：「小野先生，是您教我怎麼觀察別人的呀！」

小野一郎黑著臉，深深吸了一口氣，說道：「只要你救的人在我的手裏，我們之間還是會有交手的機會，好吧，我讓你走。我倒想知道，你怎麼把他從我的手裏救走！」

中佐說道：「小野先生，我們把他放走，萬一他帶很多人來怎麼辦？」

劉勇國說道：「其實今天上午我在山上的時候，就看到你們在這裏了。如果我要帶人來的話，還會被你們抓住嗎？」

小野一郎說道：「有他在我們手裏，諒你們也不敢亂來。你走吧！」

劉勇國說道：「我想見見他！」

小野一郎點了點頭：「好，我就讓你見一見他！」他對身邊的中佐命令道：「把我們手上的籌碼帶出來！」

那中佐朝旁邊的人使了一下眼色，沒一會兒，兩個日本兵押著一個穿日本軍服的人出來。這人三十出頭，個子並不高，雖被人押著，但眼中充滿了不屈與憤怒。

劉勇國看著這個三十四歲就當上三民主義青年團組訓處處長、青年軍編練總監部政治部中將主任的人，上前敬了一個禮，說道：「主任，我是軍統局上校劉勇國，奉上級的命令前來救你！」

那個人上下打量了劉勇國一番，正色道：「我知道戴笠不會讓我父親失望的！」

小野一郎冷笑道：「勇氣可嘉，其心可昭日月，只可惜能力有限。」

的！」

劉勇國上前握了一下那個人的手，說道：「請主任放心，我一定會救你出去

那個人用鼓勵的目光望著劉勇國：「我相信你！」

那目光如同一團火焰，瞬間點燃了劉勇國胸中的激情。他覺得百感交集，哽咽著不知道說什麼才好。說心裏話，能不能救出這個人，他心裏沒底，既然小野一郎同意放他走，就說明他還有機會。他放開了那個人的手，復又敬禮道：「主任，我走了！」

在小野一郎等人的注視下，劉勇國大步走了出去，像一位正走向戰場的士兵。

苗君儒和胡澤開兩人騎馬沿街狂奔，很快從西門衝出了縣城。守城的士兵居然沒有上前阻攔，眼睜睜地看著他們離開。

胡澤開不時往後面看，見沒有人追上來，他對苗君儒說道：「苗教授，剛才我真想一槍斃了那個狗日的縣長！」

苗君儒說道：「我覺得他的本質還不壞，只是在一些問題上瞻前顧後，太優柔寡斷。這種人根本不適合當縣長，也不知道他是怎麼當上的。」

胡澤開說道：「我聽浙皖贛邊區的區委書記提到過他，說他是從贛州那邊調過來的，好像跟原來的贛南行政督察專員有些關係！」

汪召泉能夠升官，原來有那麼一層關係。苗君儒說道：「依他和那個人的關係，當個地區專員完全沒有問題。可能那個人也看出了他的才幹，才沒有委以重任！」

胡澤開笑道：「國民黨那些當官的，有幾個是真才實幹的？」

兩人過了湯村，來到一個三岔路口，苗君儒突然把馬別住，說道：「你還記得我們昨晚在黃村遇到的那個方隊長嗎？」

胡澤開問道：「提他做什麼？」

苗君儒說道：「我懷疑縣長的身邊有日本人，要他回縣城後特別留意，現在應該有結果了！」

胡澤開說道：「你該不會想回去找他吧？」

苗君儒點了點頭說道：「多一個人多一份力量，我們剛逃出來，現在又轉回去，那些想抓我們的人，一定沒有想到！」

兩人調轉馬頭，走到離小北門還有兩里地的北門塪大樟樹下，遠遠見前面跑來了幾個人，為首那個騎在馬上的，正是他們要回去找的方志標。

胡澤開別住馬，把腰裏的兩支槍拔了出來，張開機頭。苗君儒也勒住了馬，那馬在原地打著轉，不停地打著響鼻。

方志標遠遠就叫道：「苗教授，苗教授！」

苗君儒驚奇地看著方志標身後兩匹馬上的人，居然是他的兒子苗永建和他千思萬想的廖清。近了，他看清了苗永建和廖清的樣子，身上的衣服有些髒亂，但精神狀態還不錯。

方志標來到苗君儒的面前，勒馬說道：「苗教授，你說得不錯，汪縣長身邊的劉師爺果然有問題，那狗日的不知道被日本人灌了什麼迷魂湯，盡是幹些吃裏扒外的事，還在西門那邊勾搭上了一個寡婦。我已經把他抓起來了，他怕死，說日本人要他關了兩個人在大牢裏。我到大牢裏找到他們，才知道他們都是什麼人。我聽說胡老虎帶了一個人去找過縣長，就猜到是你，所以帶著他們追上來。」

苗君儒深情地看了一眼廖清，從貼身處拿出那半截木梳，說道：「原諒我沒有去救你。有些事情實在是由不得我呀。你們沒事就好，沒事就好！」

廖清也知道苗君儒在他的考古生涯中，遭遇過許多離奇古怪而又神秘的際遇，那些別人根本無法相信的事情，她卻深信不疑。她問道：「這半截木梳怎麼會到了你的手裏？」

苗君儒問道：「我也想問你，這半截木梳怎麼會出現那裏？不過現在沒有時間聽你說，等以後再告訴我。現在我們要馬上趕到考水，如果我沒有猜錯的話，那邊的好戲應該上演了！」

胡澤開問道：「怎麼了？」

苗君儒說道：「該來的還是要來的，因為我設了一個局，讓狐狸的尾巴露出來！方隊長，謝謝你幫我救他們出來，我們先行一步，希望你能夠說服汪縣長，帶人到考水來幫我們！」

正如他所說的那樣，胡德謙帶領著考水村臨時組建的民團，在八卦墳附近的山坡上，正與一隊日軍展開生死拚搏。

第六章

以死相拚

胡福源說道：

「在你心裏，是你兒子的命重要，還是傳國玉璽重要？」

胡德謙說道：

「你是我的兒子，傳國玉璽是全族人的，不能相提並論。」

胡福源冷笑道：「所以你不肯拿傳國玉璽把我從日本人手裏換回來，你知不知道日本人差點殺了我？」

一九四五年三月十三日傍晚。

考水村。

胡德謙坐在太師椅上愁眉不展，苗君儒和胡澤開到縣城去了那麼久，還沒有回來。

苗君儒臨走前對他說過，要他注意李明佑與卡特這兩人的動靜。他對大鼻子的外國人沒有好感，只是看在苗君儒的面子上以禮相待。

據身邊的人回報，卡特吃過東西去睡覺了，那個李教授正一個人在房間裏看那張拓片。兩人都沒有什麼異常。

他的兒媳婦從內堂端了一碗參湯出來，放在他旁邊的桌子上，望了他一眼之後，轉身進去了。他望著兒媳婦那寬大的臀部，長長地歎了一口氣，眼中閃過一抹愧疚與無奈的神色。要不是他小兒子胡福源小時候被牛踢斷了命根，長大不能行夫妻之事，他也用不著為了保住兒媳婦的臉面，幹那恥於面對祖宗的醜事。好在這事隱得很緊，沒有讓外人知道。但他小兒子時不時流露出來對他的恨意，卻讓他如芒刺在背。

小兒子胡福源從小就膽小怕事，長大後想出去跟兩個哥哥學做生意，可胡德謙就是不讓。他也知道小兒子不是做生意的料，只會吃喝玩樂。原先他在縣裏替小兒子找了一門差事，可這傢伙在縣城裏學會了嫖賭。嫖是嫖不了，可也要拿著錢往妓院裏砸，關起門來折騰女人。至於賭，一個晚上輸掉一兩千大洋，那可是一戶殷實人家兩三年的收入。沒有辦法，他只得將小兒子帶在身邊，管得死死的。

剛喝了幾口參湯，一個家丁走進來，低聲說道：「胡老爺，那個李教授一個人拿著一張紙出去了，要不要派人跟著？」

胡德謙說道：「那還用說，馬上派人跟著，注意不要讓他覺察到。」

那個人領命去了，胡德謙想了一會兒，覺得不對，正要跟著去看看情況，不料從外面進來一個人。當他看清那人的樣子時，以為自己的眼睛花了。

進來的人是他那被日本人抓走的小兒子胡福源。胡福源走到父親的面前，不冷不熱地叫了一聲：「爸！」

胡德謙有些驚喜，他雖然恨胡福源不成器，也知道考水村的秘密是胡福源透露給日本人的，但畢竟是他的兒子。他起身問道：「日本人放你回來了？」

胡福源一屁股坐在椅子上，說道：「爸，我想跟你談談！」

胡德謙見兒子這語氣，有些生氣地說道：「我們之間有什麼好談的？」

胡福源說道：「爸，你對我說過，我們家祖上是唐朝皇帝，祖上有一枚傳國玉璽傳下來，那傳國玉璽呢？」

胡德謙問道：「你突然回來問這個做什麼？」

胡福源起身上前兩步，說道：「在你的心裏，是你兒子的命重要，還是傳國玉璽重要？」

胡德謙說道：「你是我的兒子，傳國玉璽是全族人的，不能相提並論。」

胡福源冷笑道：「所以你不肯拿傳國玉璽把我從日本人手裏換回來，你知不知道日本人差點殺了我？」

胡德謙的神色黯然，緩緩說道：「我不知道傳國玉璽放在什麼地方，就算知道，也不可能拿傳國玉璽去換你。我寧可花光家裏的……」

胡福源大聲道：「夠了！從小到大，你總說我不成器，我想做生意，你不答應。我在縣城裏和朋友學交際，你說我是敗家子。你幫我娶了一個女人，卻為了你自己享受，還說什麼怕村裏人議論，一個女人不生孩子，是會被人看不起的。作為你的兒子，我算什麼東西？」

胡德謙驚道：「你瘋了？」

胡福源慘笑道：「我是瘋了。一直以來，我活在你的威嚴之下，連大氣都不敢吭一聲，你知不知道我有多麼的痛苦？當我看到我老婆的肚子一天比一天大的時候，你知不知道我是怎麼想的？」

胡德謙大聲道：「我做的這一切，不都是為了你。你那麼不成器，將來怎麼令村裏人服你？」

胡福源說道：「我根本不想當什麼族長，只想做個真正的男人，哪怕只有一次都行！」

胡德謙痛苦地閉上眼睛，說道：「這些年來，為了你的病，什麼名醫都找過，可就……」

「不！」胡福源打斷了父親的話，說道：「我多年都沒有治好的病，日本人幫我治好了！」

胡德謙說道：「不可能！」

胡福源說道：「我現在就證明給你看！」

他說完後進了內堂，從裏面扯出了他的老婆，當著他父親的面要扒掉老婆的褲子。

胡德謙大聲罵道：「畜生！」

胡福源涎著臉哈哈大笑道：「你是老畜生，我是小畜生！我不但把你告訴我的秘密對日本人說了，還帶他們……」

他的話還沒有說完，一個村民上氣不接下氣地推門進來，驚慌失措地大聲叫道：「德謙叔，德謙叔，不好了，不好了，一隊日本兵不知道……從哪裏冒出來的，在祖宗……祖宗的八卦……八卦……」

不用那個人說，胡德謙的臉色已經變了，因為他聽到了從八卦墳那邊傳來的槍聲。

他對那個人叫道：「馬上派人去看看胡澤開的遊擊隊來了沒有，另外通知全村組織起來的那些人，都給我拿東西去保護祖宗墳！」

苗君儒走之前已經告訴過他，要他在祠堂和八卦墳的旁邊多派些人手，必要的時候挖戰壕，做好打戰的準備。他已經做了安排，在八卦墳的山頂上加了兩三門土炮，那些土炮是民國初年遺留下來的，雖已經生銹，但裝上火藥和鐵砂子，在近距離內殺傷力還很大。

胡宣林顫微微的從外面進來，說道：「德謙呀，快想辦法，日本人去挖祖宗墳了！」

胡福源一把推開身下的女人，說道：「他們想要的東西最可能藏在兩個地方，一個八卦墳，一個就是祠堂！」

「畜生，我殺了你！」胡德謙氣得五臟俱裂，伸手從站在旁邊的游勇慶手裏奪過步槍，可沒等他拉動槍栓，胡福源早一溜煙地從後門逃走了。

胡德謙站穩了身子，朝天放了一槍。槍聲在這屋內，顯得異常的沉悶，卻也傳出去很遠。

他帶著幾個人來到村中祠堂，見祠堂前已經站了上百個人，有老也有少，手裏拿著各式各樣的傢伙。

在祠堂對面的鳳形山上，槍聲一陣緊一陣。他悲哀地看著面前的這些人，就憑他們手上的那些「武器」，還沒有等見到日本人，就已經死了。

一個人撥開人群走了過來，他認出正是昨天晚上和胡德欣一起，在村西頭小廟失蹤的那個劉上校。

他急忙上前抓著劉勇國的手，說道：「劉上校，你一個上校軍官，身邊怎麼沒有人呢？」

劉勇國說道：「胡會長，現在不是說這話的時候，羅局長帶了幾十個人在山那邊，聽到槍聲一定會趕來的！」

他看了一眼祠堂前面的人群，大聲說道：「老人女人和孩子回家，年輕人留下跟我走！」

胡德謙拉住劉勇國說道：「我怕還沒等援兵到來，已經……」

劉勇國說道：「目前是要想弄清那股日本人的情況！」

他下午從山神廟離開後，一路上都在想著如何從小野一郎手裏救人，可想來想去都沒有好辦法。他回到那個小山村，要羅中明暗中派人注意山神廟那邊的動靜，然後由一個山民帶路，趕往考水。因為他聽胡德謙說過，苗君儒會去考水。他覺得這些日本人在婺源肯定有不為人知的目的，有必要找苗君儒商量一下，以便找到更好的解決方法。他剛下考水村東面的那道山嶺，就聽到前面傳來的槍聲。

他一聽那槍聲，登時吃了一驚。他與那小股日軍打過交道，知道那股日軍手裏的武器，都是美式衝鋒槍，而現在他所聽到的，則是日軍三八大蓋的聲音。

難道又有一股日軍進來了？

他當機立斷，要那個帶路的山民馬上回去，命羅中明留一部分人注意山神廟那邊的情況，其餘的人火速增援考水。另外，要羅中明以他的名義，派人去縣城向縣長調救兵。

他都沒有想到，週邊從四個方向進攻婺源的那些日軍撤走後，縣保安大隊和那個團正規部隊打剩下的人，奉命回到縣城休整，周邊地區只留下少數人負責警戒。有兩股日軍卻在得到磯谷永和的命令後，分別由西線和北線偷偷進入了婺源，協助婺源境內的日本人完成任務。週邊的日軍則按兵不動，觀察著周邊的情況，以便及時調整部署下一步行動。日本人雖然有一個重要的人質在手裏，可也怕地方武裝勢力。因為他們很清楚，國民黨上層知道他們手裏有人質，而下面幾個縣的保安團和共產黨人領導的遊擊隊，則是無所顧忌的。

與考水村守護在八卦墳的人發生衝突的，正是從西線過來的那股日軍，約兩百餘人。這股日軍偷偷過了縣保安大隊的警戒線，奉命直撲考水。雖然日軍儘量繞過村莊，但他們的行蹤還是被人察覺了。

一九四五年三月十三日晚上。

婺源縣政府縣長辦公室。

汪召泉急得不知如何是好，他剛接到下面的人送來的情報，有兩股日軍已經偷偷進入了婺源，目前去向不明。

苗君儒對他說過，保安大隊的隊長方志標帶人去了黃村，可一天過去了，方志標到現在還不見人影。

劉師爺曾經警告過他，要想日本人手裏的人質安然無恙，無論縣裏發生什麼事，都不能輕舉妄動。

昨天上午接到上面來的電報，電報中的措詞很嚴厲，要他配合劉上校的行動，但務必保證人質的安全，否則軍法從事。電報中還稱，依婺源縣週邊日軍的情況看，應該不會發動大規模的進攻，要他做好縣內的防備工作。

他怎麼都沒想到，還沒等他有所防備，日軍居然偷偷溜進來了。

他焦急地在室內走來走去，一個秘書推門進來，還沒開口報告，就聽他吼道：「快去幫我找劉師爺！」

秘書怯生生地說道：「剛剛得到下面的消息，劉……劉師爺他被方隊長抓起來了，現在，方隊長和劉師爺就在外面，要求見你！」

汪召泉招了招手，秘書會意，轉身出去了。沒多久，方志標拉著被捆住的劉師爺推門進來，敬了一個禮，站在一旁說道：「汪縣長，劉師爺私通日本人，已經被我抓起來了，我特來請示怎麼處理？」

劉師爺跪在地上哭道：「汪縣長，汪縣長，我也是一時糊塗，求求你饒過我這一次，其實我那麼做，都是為了……」

「砰砰」兩聲槍響，劉師爺一頭栽倒在地。汪召泉把手裏的槍丟在桌子上，整個人像是被人打了的茄子，癱坐在椅子上，緩緩說道：「方隊長，抗戰期間，有敢於通日者，一律槍決！」

方志標說道：「我聽說苗教授來找過你？」

汪召泉跌坐在椅子上，說道：「他要我派人去考水，我沒有同意。」

方志標問道：「為什麼？」

汪召泉緩緩說道：「我剛剛得到下面的消息，有兩股日軍已經偷偷進來了，一隊從西線，一隊從北線。方隊長，保護婺源的重任，我可是都交給了你的！」

方志標微微一驚，說道：「請汪縣長放心，我一定盡忠職守。據我所知，北線那邊有共產黨領導的遊擊隊，他們知道該怎麼做。我想帶人去西線，尋找那股日軍。」

汪召泉低著頭喃喃說道：「上面卻要我保證人質的安全，否則軍法從事。你說，現在亂成這個樣子，我怎麼救人？」

方志標問道：「救人，救什麼人？」

汪召泉看了一眼掛在牆上的蔣介石戎裝像，痛苦地用手抱著頭，說道：「早知道就不來婺源當什麼鬼縣長了，在贛州當我的教育局長，根本用不著這麼擔驚受怕。」

方志標鄙夷地望了一眼汪召泉，轉身走了出去。

苗君儒一路騎馬狂奔，其餘三個人緊隨其後，離考水村還有十幾里，就隱約聽到那邊傳來的槍聲。

胡澤開一夾馬肚，衝到前面去了。

轉過一道山口，苗君儒遠遠看見考水村左邊八卦墳的山上，硝煙正濃。

苗君儒和胡澤開騎馬剛到山腳，就見胡德謙在幾個村民和鄉丁的護送下從山上下來。而在另一邊，羅中明帶著三四十個穿著黑色員警服裝的員警，奔了過來。

胡澤開下馬上前朝胡德謙問道：「我的人呢？」

胡德謙老淚縱橫，喃喃道：「都……都打光了！」

羅中明趕過來問道：「劉上校在哪裏？」

一個鄉丁回答：「還在上面呢！」

胡澤開和羅中明相互看了一眼，各自抽出腰裏的槍，拔腿就往上衝。

胡德謙捶胸道：「不要……不要上去……沒用的！」他見苗君儒也要往上衝，忙叫道：「苗教授，祠堂……祠堂……」

苗君儒一驚，瞬間明白了胡德謙的意思，說道：「快走，我們去祠堂！」

他剛說完這句話，就聽到村裏傳來美式衝鋒槍的聲音。循聲望去，見火光從村中冒起。

八卦墳的山頂上，劉勇國伏在一個土堆後面，突然起身一個點射，將衝在最前面的一個日軍打趴在那裏，而後迅速躲回壕溝裏。

八卦墳所在的鳳形山是一座並不高的小山丘，南面是農田，北邊和西邊都連著山，東邊是通往縣城的路。日軍是從西邊賦春鄉方向那邊過來的，有兩百多人，配有幾門小炮。

在山頂上負責看守的那幾個村民，一看對面的山谷裏出現了一隊人，就警覺起來了，剛喊了幾句話，日本人手裏的槍就響了。

此時山頂上有上百人，一半是挖壕溝的村民，那幾十個負責守衛的鄉丁，手裏拿著的都是老式的漢陽造，有的還是土銃。雙方剛一交火，這邊就倒下了幾十個。

就在那股日軍端著槍往山上衝時，一個鄉丁點燃了山頂上的兩門土炮。震耳欲聾的轟鳴聲中，幾個衝在最前面的日軍，被巨大的衝力撞飛出去，當他們落下來時，身體上佈滿了大大小小被鐵砂子打出來的洞眼。

日軍並沒有繼續往上強攻，而是伏在地上，依仗武器的優勢射擊，並迅速佔領了與鳳形山相連著的另一處小山頂。那個小山頂與鳳形山中間連著一道凹形的山梁，山梁上有一些凸起的大石頭。佔據那處山頂的日軍並不繼續往前進逼，而是架起了兩挺機槍朝鳳形山這邊的山頂射擊。

山頂上的人躲在剛挖好的壕溝裏，根本不敢抬頭，一抬頭，子彈就鑽進腦門。有槍的人趴在壕溝裏，有一槍沒一槍的胡亂朝山下開著槍。

壕溝裏倒了好些具屍體，無一不是腦門中彈，一槍斃命。就是躲在壕溝裏，也不安全，日軍那幾門小炮發射的炮彈，幾乎就是專門打躲在壕溝裏的人，一炮下來，兩三個人就沒了，有的被炸得一塌糊塗。

剩下的一些鄉丁和村民，都是沒有打過仗的人，哪裏見過這樣的陣勢，嚇得屁滾尿流，抱著頭躲在壕溝裏，動都不敢動。有幾個想衝出壕溝往回跑，可還沒跑幾步，就被人一槍給放倒了。

十幾個日軍貓著腰，正一步一步向山頂爬去。當他們來到距離山頂的壕溝還有十幾米的地方時，一排槍支從壕溝裏伸出，一陣槍響，那十幾個日軍當即倒下，屍體順勢滾了下去。

在緊急關頭，劉勇國帶著胡澤開的遊擊隊趕了上來。胡德謙不顧自己六十多歲的身體，堅持著跟了上來。

山頂的泥土被鮮血染紅了，到處是屍體。劉勇國朝山下望去，見日軍聚集在山下的山谷中，除了幾門小炮轟擊外，就是不斷派出一小隊人往山上攻擊。他看了一會兒，覺得很奇怪，如果日軍的攻擊目標是八卦墳，依日軍在人數和武器上的優勢，完全可以在很短的時間內衝上山頂，根本無須這麼折騰。如果目標是村裏，也可以分出一部分兵力，繞過前面的山嘴，沿大陸直撲村子。然而，日軍都沒有那麼做。

他雖然沒有在正面戰場上和日軍交過手，但對於日本人的狡猾程度，還是非常瞭解的。

剛才他帶人上來支援時，日軍安排在另一個山頂的觀察哨，明明看得很清楚，但他們卻沒有遭到小炮的轟擊，而當他們全躲進壕溝時，日軍的小炮才開始轟擊起來，而且轟擊得很猛烈，也很準。

胡德謙想叫一個村民回去報信，可那個村民離開壕溝，還沒跑出十米，就被對面山頂的日軍一槍放倒。

依日軍的這種打法，似乎要將他們全部困死在山頂上，才善罷甘休。他瞬間反應過來，這股日軍的真實目的，是想誘出村裏的人，以便另一股日軍的行動。

他爬到胡德謙的身邊，把日軍的真實企圖說了出來，要胡德謙立即帶人回村，他帶一些人在這裏頂住這股日軍。

有兩個遊擊隊員剛從壕溝裏探出頭，就被對面山頂上的幾個日軍打倒。

目前對山頂這些人威脅最大的，就是對面山頂的那些日軍，還有山下的日軍小炮。他從一棵小樹後面探頭看了一下，對面山頂的日軍約莫有十幾個，配有兩挺機槍，從這裏到對面山頂的直線距離，也就兩三百米，在中正式步槍的射程範圍之內。

對面那十幾個日軍的槍法都不錯，每個人佔據有力的位置，專門瞄準從壕溝裏探出身體的人，幾乎是一槍一個，很少有打偏的時候。壕溝裏的人要想開槍，必須不停地交換位置，突然探出頭，趁對面日軍沒有瞄準之際，開槍後迅速縮回。

他深吸一口氣，突然探出頭去，準星牢牢圈住對面山頂的一個日軍，勾動扳機後，迅速縮回壕溝裏。

幾發炮彈隨即落在他身邊，炸起的泥土落了他一身，他一摸身上，還好沒有受傷，連忙爬到一旁。

這樣下去不是辦法，就算不被對面的日軍打死，也會被炮彈炸死。他看了看帶上來的那幾十個遊擊隊員，能動的還不到二十個。

他突然看到一個黑影從壕溝裏竄起，幾下起落，已經不知道竄到哪裏去了。幾串機槍子彈射在那黑影經過地方的土中，激起一些土屑。

趁著這空檔，他又從壕溝裏探出，瞄準對面的山頂開了一槍。剛要喘口氣，只覺得頭頂的光線一閃，一把明晃晃的刺刀已當胸刺到。

原來又有十幾個日軍，沿著土坡衝了上來。這一次，日軍並未遭到槍擊，而是直接衝到了山頂。

他的身體下意識地一滾，那把刺刀擦著他的肋下刺入土中。他揚起手裏的槍把，結結實實地擊在那日軍的脖子上。那日軍的身體一軟，倒在他的身邊。

還沒等他起身，兩個日軍一左一右同時向他撲到。

一聲槍響，左面那日軍應聲而倒。他斜著身子，避過右邊日軍的一刺，抓住那槍桿，曲起右腿，踢中了那日軍的下身。那日軍放開槍，捂著下身痛得大叫起來。他順勢調轉槍口，「噗哧」一下刺入那日軍的胸膛。

山頂上活著的遊擊隊員和鄉丁，從壕溝裏紛紛起身，與日軍展開了肉搏。山下的小炮停止了射擊，兩個軍官模樣的日軍，站在那幾門小炮的旁邊，用望遠鏡饒有興趣地看著山頂。

胡德謙靠在壕溝的邊沿，手裏拿著一把盒子槍，怔怔地看著面前那幾個扭在一起的人。

劉勇國一刺刀挑開了一個日軍的下腹，回頭叫道：「胡會長，快帶人回去！」

幾個鄉丁架住胡德謙，快速朝山下跑去。胡德謙邊跑邊回頭叫道：「祖宗墳，祖宗墳呀！」

那聲音非常沙啞，顯得異常的無力和無助。

山頂上，只剩下劉勇國和四個遊擊隊員，在他們面前，有八個虎視眈眈的日軍，三個在前三個在後，側面兩個。

他們五個人背靠背站著，挺槍面對那八個日軍。在山坡下，又有十幾個日軍邁著羅圈腿衝了上來。

遊擊隊員缺少基本的軍事訓練，刺殺技術根本無法與兇悍的日軍相比，兩三個人都無法鬥得過一個日軍。劉勇國用眼角的餘光瞟了一下身邊的幾個遊擊隊員，從他們臉上看不出一絲恐懼與絕望，反倒充滿了憤怒與不屈。

八個日軍同時挺槍進攻，劉勇國閃身隔開一把刺向他肋下的刺刀，一槍托打碎了那日軍的頭顱，返身一個斜刺，刺刀扎進了另一個日軍的後心。

幾下起落，地上倒了三個日軍的屍體，而劉勇國的身邊，也只剩下一個身材較為高大的遊擊隊員了。

剩下的五個日軍看出了苗頭，四個日軍把刺刀對準了劉勇國，剩下的那個日軍，則把刺刀朝那高個子遊擊隊員晃了晃，一副很藐視的樣子。

那高個子遊擊隊員大吼一聲，挺著刺刀直直刺了出去，不料正中那日軍的詭計。那日軍向後退一步避其鋒芒，趁其抽槍之際，側身刺入高個子遊擊隊員的右肋。

一口鮮血從高個子遊擊隊員的口中噴出，他艱難地轉過身，丟掉手裏的槍，右手牢牢抓住那得意的日軍，左手拉開了腰間手榴彈的導火線。

一聲巨響，山頂上騰起一陣煙霧。

劉勇國依靠身體的靈活，已經刺倒了兩個日軍，可他的左臂被對方劃開了一道口子。要是單單對付剩下的兩個日軍，他並不吃力，可現在，他面前已經站了十幾個相繼衝上來的日軍。

他看著面前的這十幾個日軍，以這樣的情形，他是絕無生還的可能了。他來婺源的目的是為了救人，想不到居然死在這裏。他想起在山神廟前的時候，那個人對他的信任，內心頓時升起一股愧疚。

不能死在這裏，一定要活下去。

他瞥見右邊的那幾根松樹，再往下就是樹叢，如果能夠衝出這些日軍的包圍，跳到那地方，說不定可以借助松樹和樹叢掩護，成功逃脫。

就在他思索著如何脫身之際，身後接連槍響，見羅中明和另一個男人帶著那幾十個人衝了上來。那男人手裏提著兩把盒子槍，朝離他最近的幾個日軍連連開槍，轉眼間，山頂上的日軍倒下了十來個，剩下的幾個日軍見勢不妙，轉身往山下跑。

劉勇國大聲對羅中明說道：「不要把人帶上來，退下去！」

他的話音剛落，炮彈夾雜著呼嘯聲，已經在他的身邊落下，十幾個員警頓時血濺當場。他們已經無法往下退了。

苗君儒要胡德謙他們一行人急趕慢趕，來到村中祠堂的拐角處，見祠堂門口的平地上，躺著十幾具村民的屍體。一個穿著寬大和服的白髮老者，就站在祠堂正門的台階上，手裏托著一樣用黃綾包著的東西。在老者的身後，站著幾個腰佩日本刀的忍者。白髮老者身邊還有幾個人，其中一個正是苗君儒要胡德謙注意的李明佑，另一個是隨苗君儒前來探險的卡特。還有一個，卻是胡德謙的兒子胡福源。

李明佑的手上拿著那張拓片和族譜，神色顯得呆板而痛苦。

十幾個端著美式衝鋒槍的日軍，就站在台階下，槍口齊刷刷地對準他們。

苗君儒從拐角處走出來，上前問道：「你們要找的傳國玉璽，已經拿到手了？」

白髮老者點頭。

「你這兩天都活動在考水村周圍，想要我幫你找到傳國玉璽。如果我不離開，狐狸是不會露出尾巴的，所以我故意把拓片上的玄機透露給李教授，目的就是引你出現。」苗君儒接著說道：「依李教授的本事，不可能那麼快破解那張拓片上的玄機，還有族譜上的詩！」

白髮老者說道：「可是你忽略了一個人！」

苗君儒的眼睛轉向卡特：「我早就應該想到，你作為一個探險家，憑什麼隱居在山西五台山清涼寺，研究中國的古文化。你對我說過，日本人要你幫忙他們尋找傳國玉璽。其實你一直都在尋找，只不過後來和日本人合作罷了。日本人把你和郭陰陽關在那裏，目的就是讓我去救你。因為你是西方人，我不會認為你對中國古文化有多深的造詣，所以我一直沒有防備你！」

卡特微微一笑，說道：「你對李教授說過，族譜上的詩是對應拓片上的圖案的。要我解釋給你聽嗎？」

苗君儒說道：「我倒想見識一下，你一個外國人，是怎麼破解拓片上的謎團的？」

卡特得意地說道：「第一句『一七進五心神亂』，一七為八，八進五為十二，寓意為十二生肖，指的是拓片上的龍，中國的皇帝不是把自己比喻成真龍天子嗎？還有那八卦墳上的龍鱗磚，無不告訴我們，這個村子裏的人都是龍子龍孫。當然，我認為那個『龍』字有兩個所指，第一是八卦墳，第二就是祠堂裏那張祖宗像。『四退一行能平安』，是拓片上第三排第三個象形文字中的『人』字。有第二個字印證，我確定了玄機就在祠堂內的那張祖宗畫像上。果然，我和李教授來到祠堂，在畫像的後面發現了幾個字。『寅火離木四一震』那一句，照陰陽八宮所屬五行推算，我怎麼想都想不通，不過，我們在祖宗像後面的柱子下面，發現了一塊刻有八卦圖案的石板，石板下面是空的，東西就在裏面。」

苗君儒說道：「我確實沒有想到，你對中國古文化那麼瞭解！」

他轉向胡福源：「剛才在路上，我已經聽你父親說了你的事。我認為日本人潛伏在婺源的特務，早就已經盯上你了。如果我沒有猜錯的話，你利用你父親對你的信任，早就偷偷把拓片上的圖案，另外拓了一份給日本人。至於你被日本人抓走，那是為了掩人耳目故意那麼做的。」

白髮老者得意地說道：「你還知道什麼？」

苗君儒轉向李明佑，說道：「李教授，你去陝西藍田縣考古回來，我就覺得你整個人變了許多。當我被綁架後，我那幾個一同隨我去過藍田的學生，都被人槍殺了。殺他們的人只有一個目的，就是不讓有關傳國玉璽的消息洩露出去。而知道傳國玉璽這件事的，除了我們幾個外，就只有你李教授一個人。可能你沒有想到，我一再對我的那幾個學生說過，有關傳國玉璽的事情，絕對不能對任何人說。

「當我被劉上校他們從地牢裏救出來，知道了這件事後，首先就想到了你，而那時，你正好帶著我的兒子苗永建，一同到徽州尋找傳國玉璽的下落。你之所以帶上他，是因為你懷疑我把尋找傳國玉璽的線索告訴了他；當你們從屯溪來到浙源鄉的時候，按計劃，日本人殺了你那幾個帶來的學生，只帶走你和苗永建。有苗永建在日本人手裏，對我也是一種制約。但是你們沒有想到，廖教授會獨自一人前來婺源，可惜她還沒進入婺源，就遇到了你！」他的目光轉向那白頭髮老者，接著說道：「你為什麼要命令日軍殺光那個村子裏的人？」

白髮老者哈哈笑道：「不虧是苗教授，你當教授實在太可惜了，你應該去當探長。」

苗君儒問道：「我想知道，你們從重慶帶來的人質到底是誰？」

白髮老者笑道：「這個答案你回重慶問去！要不是上川君想領教一下你的厲害，我現在就可以殺了你！」

苗君儒朝李明佑說道：「李教授，你到底有什麼把柄在他們手裏？從民國十四年開始，我們同事應該有二十年了。儘管我懷疑你在替日本人辦事，可我一直都不肯定自己的懷疑。你是中國人，你有自己的良心，可是有些事情由不得你自己，對不對？」

李明佑哭道：「對不起，苗教授，我……我真的……是身不由己……」

苗君儒大聲說道：「不管什麼原因，我只知道你是個中國人！」

李明佑剛要說話，身體突然一顫，他扭過頭去，看著身後的卡特，艱難地吐出一個字：「你……」

卡特的手上出現一把帶血的匕首，對苗君儒說道：「死人是不會說話的，有關他的事，將是永遠的謎。」

李明佑倒在台階上，眼睛盯著苗君儒，露出無比的悔恨與痛苦，卻隱含著一抹欣慰。卡特俯身從他手裏把那張拓片和族譜拿了過來，朝身後燃燒著的祠堂丟了進去。

白髮老者一步步地走下台階，問道：「苗教授，你破解了那本《疑龍經》內的玄機沒有？」

苗君儒老實說道：「沒有！」

白髮老者說道：「還有一天的時間，我相信你會知道的！」

他在幾個忍者的簇擁下，沿著街道向另一頭走去。卡特和胡福源連忙跟了過去。

苗君儒大聲問道：「卡特先生，你這麼幫日本人，到底有什麼好處？」

卡特邊走邊回答道：「他們答應用完後，會把這枚玉璽送給我作為禮物！」

苗君儒追過去大聲說道：「玉璽是屬於中國的，我不會讓你把它拿走！」

幾串子彈射在苗君儒的腳邊，與此同時，他身後響起了槍聲。原來是劉勇國帶著十幾個員警趕過來了。他忙滾落在地，閃身在一塊石碑後面。

雙方展開了激烈的巷戰。

美式衝鋒槍在近距離作戰占了很大的優勢，子彈打得劉勇國這邊的人不敢從牆壁後探身，但是他們也有自身的優勢，躲在牆壁的後面，把身上的德國造手榴彈扔出去。在狹窄的街道內，這種德國造手榴彈的殺傷力還是很驚人的。

日軍根本不敢戀戰，邊打邊退，留下了好幾具屍體。

苗君儒從石碑後面探出頭來，幾步衝上台階，扶起李明佑。見李明佑張了張口，已經說不出一個字，手微微指了一下祠堂，臉上微微浮現一抹笑意，閉上了眼睛。

苗君儒低聲道：「我知道，你是個中國人。」

胡德謙在鄉丁的攙扶下走了過來，面對熊熊燃燒的祠堂，坐在地上哭道：「老祖宗呀！我造了什麼孽呀！」

幾個村民衝進祠堂，冒火搶出了幾張祖宗像，還有卡特扔到裏面的那本族譜，至於那張拓片，卻已經被火燒掉了。

祠堂內的大火已經竄上樑了，根本沒有辦法救，大家眼睜睜地看著火勢越來越大，毫無辦法。

苗君儒拿過那張畫有明經公胡昌翼的畫像，翻過背面，見上面幾個楷體字：九宮八卦，內藏玄機。

他站在台階上，遙遙望向對面鳳形山，見山上仍有槍聲傳來，天色已經完全暗下來，不知道那邊的情形。他大聲對正要帶人往前追的劉勇國說道：「劉上校，不要去追了，馬上帶著你的人守住村邊的廊橋，拖住那股日軍，能拖多久就拖多久！」

他跑下台階對胡德謙說道：「胡會長，趕快通知村裏的人，趁著黑夜往後山躲，日本兵要殺過來了！」

胡德謙哭道：「就剩下一些婦孺老人了，還跑什麼？那個畜生，畜生，我一定饒不了他！」

苗君儒說道：「能逃多少就逃多少！」他對站在胡德謙身邊的幾個鄉丁和村民大聲道：「還不快去？」

幾個鄉丁和村民連忙分頭去了。

劉勇國提著槍過來說道：「我要去救人！」

苗君儒大聲道：「在這裏也是救人，難道你想讓村裏的婦孺全死在日本兵的刺刀下嗎？」

劉勇國猶豫了一下，轉身帶人往村邊廊橋去了。

苗君儒對走過來的苗永建說道：「照顧你廖阿姨，跟村民一起走，兩天後我會回來找你們的！」看著苗永建扶著廖清走遠，他轉身也朝村邊的廊橋走去。

胡德謙則帶著七八個打剩下的鄉丁，出村東，往日本人走的方向追上去。

考水村的村邊共有四座廊橋，通往八卦墳那邊的廊橋叫瀛西橋，橋長二十多米，寬三到四米，橋面是木板相連的廊橋，橋下是兩座石頭砌成的石墩。

苗君儒趕到瀛西橋的時候，見劉勇國已經和手下的人俯臥在橋邊的田埂上，他剛要說話，見廊橋的另一頭隱約兩個人影一前一後地跑過來。隨即，鳳形山那邊傳來一聲巨響。

卻說劉勇國看到那個從壕溝裏竄出去的人影，其實就是游勇慶，他早就看出了斜對面山頂那兩挺機槍對這邊的威脅，趁著炮彈落下激起的煙霧，他從壕溝裏竄了出去，依靠雙腳的騰跳功夫，靈敏地避過對面山頂射來的子彈，跳到山腰間一塊石頭後面，這裏有好幾塊巨石，每一塊的後面都可以躲人。

他在幾塊石頭間穿梭，避過對面山頂的射擊，偷偷從石頭後面伸出槍桿，瞄準對面的一個機槍手勾動了扳機，隨著一聲槍響，那日軍機槍手一頭栽倒，再也起不來了。好在天色已晚，對面山頂的日軍看不清這邊的情形，只胡亂開槍。而他，則憑藉平時打獵練就的槍法和那雙夜貓眼，在這時派上了大用場，他打一槍換一個地方，讓對面的日軍摸不著虛實，雖然子彈如雨般射在石頭上，可就是傷不著他。

有幾個日軍偷偷從側面想包抄，被他一槍一個撩倒。

幾發炮彈落在石頭中間，迸起一些石屑，照樣傷不著他。剛才在山頂的時候，他已經可以從炮彈飛來的呼嘯聲中，辨別炮彈要落下的大致範圍。

正是他躲在這裏，壓制了對面山頂的日軍，才使得劉勇國帶著十幾個人離開山頂，前去支援苗君儒。而此時山頂上，只剩下胡澤開與羅中明，那些員警全都打光了。

天色已經完全黑下來，日軍的小炮也停止了射擊。躲在石頭後面的游勇慶探出頭去，見斜對面小山頂的日軍不打槍了。他想從山背繞過去，對付那些打小炮的日軍了。

他剛站起來，就聽到鳳形山頂傳來胡澤開的吼聲。他快步來到山頂，見十幾個日軍正逼向胡澤開和羅中明，整個山頂再也看不到其他一個活人。

他開了一槍，射倒一個日軍，同時喊道：「胡隊長，快跑！」

胡澤開的槍裏已經沒有子彈了，他正操著一把大刀，想臨死前找兩個墊背的，聽游勇慶那麼叫，忙往後一閃，藉著黑暗拔腿就跑。他原來聽蘇北那邊過來的幹部說過，日本兵白天打仗很強悍，晚上就不行了，所以蘇北地區的遊擊隊，都選擇晚上行動。

那十幾個日軍逼住胡澤開和羅中明，冷不防被側面的游勇慶開槍打亂了陣勢，剛一扭頭就跑了一個，忙呼啦啦一下把剩下的羅中明圍在中間。

游勇慶在樹叢間跳來跳去，瞅準機會又開了一槍，射倒一個日軍。

羅中明見逃走無望，大聲叫道：「老子和你們拚了！」還沒等他揮起那把斷柄的步槍，幾把刺刀同時刺入他的腹部。

游勇慶閃身躲在一個小土堆後面，在他身後的山坡下，就是胡氏祖先的八卦墳。他上來的時候，胡德謙對他說過，八卦墳上方的山頂斜坡上，埋了不少炸藥，那是預防日本人挖墳用的，炸藥的引信在一塊石頭後面，只要點了炸藥，整個山頂的泥土覆蓋下來，正好將八卦墳所在的山谷全部掩埋。

山頂上的日本人正在壕溝裏搜索活人，游勇慶爬到一塊石頭後面，扒了幾下，露出幾塊青磚，揭起青磚，摸到了一根導火線。

幸虧炸藥是埋在斜坡上，也幸虧日本人的炮彈打得準，只打山頂的壕溝，要不然，幾發炮彈打到這裏，引爆炸藥，整個山頂就沒了。

他拉燃了導火線，滾下了山坡，爬起來朝著考水村的方向跑去。

第七章

勇士的榮譽

胡德謙手裏的日本刀直刺入胡福源腹部，哭罵道：

「畜生！畜生！」

胡福源微微地笑著，口中噴血，聲音遲緩地說道：

「我…只想…證明…我不是…一個沒有用的……人……」

胡德謙放開刀把，抱住兒子仰天叫道：「兒呀，兒呀！」

那蒼老悲傷的聲音，遠遠傳開，顯得倍加淒涼與孤寂。

考水村瀛西橋頭。

苗君儒從對面兩個人影跑動的速度看，斷定不是日本人，他急忙迎了上去，兩人一碰面，他認出是胡澤開，問道：「胡隊長，山頂的情形怎麼樣？」

胡澤開喘著氣說道：「日本人……日本人馬上就過來了，苗教授，我們怎麼辦？」

苗君儒說道：「我們在這裏頂上一陣，讓村裏的人轉移到山上去，能頂多久就頂多久！」

游勇慶也跑了過來，說道：「我把山頂給炸了！」

苗君儒驚道：「什麼？你把山頂給炸了？」

游勇慶說道：「胡會長對我說，在八卦墳上面的斜坡上裝了炸藥，萬一不行就點炸藥，把山頂的土炸下來，剛好蓋住八卦墳。」

苗君儒沒有說話，胡德謙這麼安排，也是沒有辦法的辦法。

這時劉勇國說道：「胡隊長，你帶人在這裏頂著，我帶幾個人去追那股日本人！」

苗君儒一把抓住劉勇國，說道：「就憑你帶著這幾個人，就能夠把人質從他們手裏救出來嗎？」他把劉勇國扯到一邊，低聲問道：「告訴我，日本人手裏的人質究竟是什麼人？是姓孔還是姓蔣？」

其實他大致已經猜到日本人手裏的人質，是什麼樣的人，只是無法肯定。

劉勇國說道：「對不起，苗教授，我職責所在，沒有辦法回答你！我來婺源的目的只有一個，就是救人！」

苗君儒說道：「就憑你？」

劉勇國點了點頭。

苗君儒回頭看了一眼燒紅了半邊天空的祠堂，說道：「就算你不說，我也會答應你，把他們手裏的人質救出來！不過不是現在。」

劉勇國問道：「為什麼？」

苗君儒說道：「距離二月二還有一天的時間，日本人要想殺人質的話，不用等到現在！」

游勇慶指著前面晃動的人影叫道：「日本人上來了！」

一隊日本兵已經衝到了橋頭，橋這邊一陣槍響，衝在最前面的幾個日軍頓時倒了。

劉勇國說道：「他們人多，又有小炮，我們頂不住的，不如先撤到村裏再說！」

苗君儒說道：「等村裏人逃上山，我們再走！」

正說著，炮彈帶著呼嘯聲猛砸下來，在幾個人的身邊炸開。好在幾個人早有防備，撲倒在田埂下，才沒有被炸傷。

幾挺歪把子機槍已經叫了起來，子彈從眾人的頭頂飛過，壓得大家抬不起頭來。

苗君儒聽到身邊「啊」了一聲，見一個員警的頭歪到一邊，鮮血從頸部狂飆而出。從村內跑過來一個人影，手裏好像提著什麼東西，過了村邊的那棵大樟樹，還沒跑幾步，就被一串機槍子彈打倒。

「我去看看！」游勇慶匍匐著，順著田埂的溝底向村內爬去。

橋對面的日軍不知道這邊的情況，不敢貿然逼近，只用小炮和機槍朝這邊招呼。炮聲中，不斷有人發出慘叫。

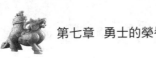

劉勇國說道：「苗教授，剛才要走的話還可以走，現在想走都走不了了，你看這邊除了幾條田埂，根本沒有可藏身的地方，再打下去，我們都會死在這裏！」

苗君儒也後悔起來，對面的日軍有一百多人，而他們這邊只有十幾個人，想擋是擋不住的。廊橋的兩邊都是空曠的田野，連個藏身的地方都沒有，伏在田埂下還好點，若是站起身來，背後祠堂那邊透過來的火光，會把身體照得清清楚楚，等於成了對面日軍的活靶子。

不一會兒，游勇慶爬回來了，手裏提了一個洋油桶，他說道：「是胡會長派來的，人已經不行了，他說要燒橋！」

燒橋不虧是一個辦法，火光可以暫時迷住對面日軍的視線，這邊的人可以趁機撤退。

游勇慶擰開洋油桶的蓋子，撕開一截衣襟，浸了一些油，然後把桶向橋上扔了出去，洋油桶落在橋上，裏面的汽油流了出來。他點燃那截衣襟，準確地扔在洋油桶的旁邊，「碰」的一下，火光頓時冒了出來。

對面的日軍看出了這邊的意圖，子彈如雨般的蓋過來，幾十個日軍貓著腰，向橋上撲來。

劉勇國從一個員警手裏接過手榴彈，扯開拉弦扔了出去。手榴彈在空中劃了一個漂亮的弧形，準確地落在那些日軍的人群中炸開，但並未阻止日軍的攻勢。

「開槍，開槍！」苗君儒大聲叫道，一槍擊倒了一個衝上橋頭的日軍。在他們身邊，已經沒有幾個能開槍的人了。

游勇慶俯臥在廊橋這邊的一條引水溝裏，他不需要探出頭，眼睛的視線正好望著橋上燒起的火焰，只要火焰旁邊出現人影，他就對著人影開槍。接連三個點射，擊倒了三個想衝過火焰的日軍，屍體滾落在火焰中。

當他對著第四個人影勾動扳機時，只聽得槍機裏「咔嗒」一聲響，不好，卡殼了！他剛要退出槍裏的子彈，見兩個日軍已經衝過了火焰，離他還不到三米遠。

為首一個日軍看到躲在引水溝裏的游勇慶，嚎叫著上前挺槍就刺。

在這危急時刻，劉勇國和胡澤開同時開槍。兩聲槍響，那日軍一頭栽倒在游勇慶的面前，游勇慶趁機拿過那把三八式步槍，調轉槍口就射。

「轟隆！」「轟隆！」

廊橋在爆炸聲中斷為兩截，幾根帶火的木橫條落在游勇慶的身邊，原來是大火燒爆了那幾具日軍屍體上的手雷。日軍手雷的威力也不小，在炸斷廊橋的同時，也把幾個衝上廊橋的日軍送回了老家。

胡澤開叫道：「誰還有子彈？」

沒有人回答他，仗打到這份上，誰都沒子彈了。

羅中明屬下的員警隊伍本就比不上縣保安大隊，每個人只給十發子彈，兩顆德國造手榴彈。這還是在當前日軍逼境的情況下，若是在平時，槍裏有五發子彈就不錯了。

沒有子彈，就只能等死。

好在廊橋已經炸掉了，河的下游築有水壩，水壩之上的地方，最淺的也有齊腰深，這麼冷的天氣，日軍在沒有弄清河水的深淺之前，是不會貿然涉水過河的。但是河上有四座橋，除了這一座，還有三座，而最近的那一座，距離這裏不到半里地。

那是一座沒有廊橋的石橋，是方便那邊的村民下田幹活而建的，橋面並不寬，只可供一輛手推車通過，也很少有人走。

對面的日軍停止了射擊，苗君儒偷偷從田埂下探出頭去，果然見到一隊日軍朝那邊走去了。

兩個人從村內跑出來，苗君儒隱約看清那跑在最前面的，是一個白鬍子的老人，那老人一跌一撞地跑著，口中叫喊著他聽不懂的本地方言。

胡澤開也大聲叫起來，苗君儒依稀聽清了話中的兩三個音符，好像胡澤開叫那老人「宣林爺」，一陣歪把子機槍的怪叫聲，那老人和後面跟著的人晃了兩晃，身體軟軟倒了下去。

胡澤開大叫著：「小日本，你們衝著你胡老爺來呀！」

他要站起身，被苗君儒死死按住，幾串機槍子彈射在他們頭頂的田埂上，激起一些土屑，落了他們一頭一臉。

胡澤開抓著大刀叫道：「你按著我幹什麼，出去跟他們拚了！」

苗君儒說道：「怎麼跟他們拚？還沒等你衝過去，就已經被他們打死了！」

胡澤開叫道：「躲在這裏遲早也是死，老子死也要死得像個人樣！你不要……」

他的話還沒有說完，只聽到對面突然響起一陣爆豆般的槍聲。

苗君儒驚喜道：「我們的救兵到了！」

苗君儒說的救兵，就是縣保安大隊的隊長方志標帶來的那四百來個人，這四百多人的隊伍裏，有原先的保安隊員，也有剛從幾個鄉抽調上來的搜索隊。另外還有幾十個穿著國民黨軍服的正規軍士兵，他們都是那個團打剩下的，由一個姓鄭的連長帶著。

按上面的意思，那個團打剩下的人先在縣裏休整，等這件事過去後，再編到其他的軍隊中去。當方志標帶著兩三百個人出了縣城小西門時，報仇心切的鄭連長帶著手下的幾十號人，已經等在那裏了，他不知道從哪裏打聽到方志標要帶人去打日本人，所以趕來會合，手下那幾十個士兵，很多人身上還帶著傷，但是他們有實戰的經驗，又剛同日軍打過戰，戰鬥力自然比搜索隊強多了。

有這幾十個士兵相助，方志標的心裏更加踏實。隊伍走到離考水還有十里路的地方時，就聽到一聲震天巨響，再往前走，就聽到了日軍歪把子機槍特有的怪叫聲，還有炮彈的爆炸聲。

鄭連長對方志標說道：「方隊長，你帶你的人，我帶我的人，我們分開行動！」

方志標只是縣保安大隊的隊長，沒有權力指揮正規部隊，聽鄭連長這麼說，也只好答應，不管怎麼樣，只要能打日本人就行。

沒有人點火把，怕被日本人看到，反正當地人都習慣走夜路，偶爾有人掉下田溝，爬起來繼續走就是。

拐過了一道山嘴，遠遠就看到村裏的沖天大火，那火將村邊的田野照得通亮，眼尖的人早就看到了那些在河邊開槍的日軍。

鄭連長看清了日軍小炮的方位，心裏不僅火冒三丈，前些天在南線的太白鄉與日軍作戰，吃的就是小炮的虧，一炮當頂落下，兩三個人就不見了。他原來帶的那個連一百多號人，打了兩三天，就剩下十幾個人了，雖然縣裏派去了保安隊，還有鄉里組織的靖衛團，另外加上各村的民團，人數有一兩千人，可沒什麼用，都是去挨槍子的。

好在南線的那幾百個日軍並沒有真正長驅直入，否則，再多兩千人也沒有用。

鄭連長帶著幾十個人從側面衝上去，在距離日軍的小炮陣地還有幾十米的時候，一串機槍橫掃過來，當即有兩三個士兵滾倒在地。

這地方都是開闊的田野，除了那一條條一尺多高的田埂外，根本沒有可藏身的地方。既然被發現了，就只有硬衝。鄭連長掃過去一梭子，叫道：「弟兄們，給我衝！」

日軍小炮陣地上的那挺機槍也不是吃素的，怪叫聲中，不斷有人倒下。

河邊的日軍見後面有人衝過來，紛紛調轉槍口射擊。一時間槍聲大作。

藏身在河這邊田埂下的苗君儒他們幾個人，趁機跳起來往村裏跑，當他們跑到村頭的大樟樹下時，見前面石橋那裏，有二三十個日軍衝過來了。

他們只剩下四個人，除了游勇慶的三八式步槍裏還有兩發子彈外，就只有劉勇國手裏的那顆手榴彈了。

村子裏，不斷有人從屋子裏走出來，有些女人懷裏抱著一個孩子，手裏還拖著一個，身後跟著一個小腳老太婆。她們的丈夫與兒子，或許已經死在鳳形山的山頂，膝下的孩子，將是她們的全部精神寄託和希望。

那二三十個日軍已經衝到了村邊，槍聲中，幾個來不及閃避的老人被射殺在牆根下。村裏還有很多人沒有來得及逃走，萬一日軍一進村，還不是面臨一場大屠殺？對於日軍的暴行，苗君儒是深有體會的，這些年他出外考古，經過一些被日軍掃蕩過的村子，所見的除了被燒毀的房子外，就是那一具具慘不忍睹的屍體了。

「媽的，跟他們拚了！」胡澤開揚刀要衝上去，被苗君儒按住，他低聲說道：「不能硬拚，要想辦法智取，你們躲起來，我去會會他們！」

劉勇國問道：「你一個人怎麼對付他們？」

苗君儒說道：「放心，我會日語，我知道該怎麼做，兵法云，以虛對虛，必使其亂之。我只不過假借日本人的命令，不想讓他們濫殺無辜，等他們進村後，就看你們的了！」

胡澤開點了點頭，拉著游勇慶往另一條巷子裏去了。他是這個村的人，對每戶人家，每條街巷都很熟。

劉勇國說道：「我跟你一起去，我受過特訓，日語很標準！」

苗君儒說道：「我的日語不太標準，怕他們聽出破綻，還是你來說！」

兩人大步迎向那股日軍，劉勇國大聲用日語叫道：「接上級命令，任務已經完成，軍隊只可在村子裏休息，不得打擾當地人！」

這些日軍自侵華以來，還是第一次聽到這樣奇怪的命令，為首一個軍曹大聲質問：「你們是什麼人？」

劉勇國大聲說道：「我是大日本帝國關東軍參謀部二處特別行動組的藤田中佐，你們的指揮官呢？」

軍曹一聽劉勇國這麼說，語氣頓時緩和下來，朝他們敬了一個禮，指著後面說道：「少佐在那邊！」

劉勇國帶著命令的語氣說道：「在你們的後面，可能出現了支那軍隊，想想該怎麼做吧！」

軍曹朝他們又敬了一個禮，說道：「藤田中佐閣下，我知道怎麼做！」接著拔出腰刀，轉身對身後的日軍叫道：「回去，消滅支那軍隊！」

就在這時，幾個人從一旁的巷子裏跑過來，為首的一個鄉丁見到他們，叫道：「你們還不快跑，日本人進村了！」

那鄉丁說完話後，看見了巷子裏的日軍，忙舉起手裏的槍，可還沒等他開槍，日軍的槍已經響了。

一道人影從旁邊的斷壁後面躍出來，刀光一閃，那軍曹的頭顱滾落在地。苗君儒認出那黑影，正是剛剛離開他的胡澤開。

在狹窄的巷子裏，大刀比步槍要實用得多。胡澤開接連劈殺，又有兩三個日軍倒斃在他的刀下。

在當前的情況下，絕對不能讓日軍有開槍的機會，苗君儒抽出那把佐官刀衝了過去，和胡澤開並肩砍殺起來。

劉勇國拉開那顆手榴彈的拉弦，往後面的日軍丟了過去，接著撿起一支三八式步槍，躲在牆邊的一個圓柱形石滾後面。

婺源的農村有很多這種古代流傳下來的石滾，有的是圓柱形，有的是八邊的菱形，無論是什麼形狀的石滾，中間都有一個圓形的空洞。有關石滾的作用，有很多種說法，但最為普遍的，莫過於壓路或鎮宅。

後面的日軍想開槍，怕傷著前面的日軍，而前面的日軍卻被苗君儒與胡澤開的兇悍所震懾，連連後退。「轟」的一聲，劉勇國扔過去手榴彈當場炸死四五個日軍，其餘日軍見勢不妙，紛紛朝村外退去。

苗君儒拉住胡澤開說道：「不要追！」

兩人閃在一邊，見那些日軍已經退出了村子。游勇慶把槍架在牆頭上，兩槍放倒了三個日軍。他丟掉沒有子彈的槍，跳到巷子裏，往那七八具日軍的屍體上去摸子彈，摸了一會兒，就摸了一百多發子彈。

苗君儒還刀入鞘，俯身揀了一支槍。現在他們四個人都有槍，子彈也不缺，躲在那些倒塌的老屋牆壁後面射擊，足可抵擋二三十個日軍的進攻。

河那邊的槍聲仍然很緊，炮聲不斷。

苗君儒和胡澤開端著槍往前走了一段路，來到村邊，見那十幾個逃出村的日軍，已經逃過石橋那邊去了。

胡澤開問道：「來救我們的是什麼人？聽聲音，好像來的人不少！」

苗君儒說道：「是縣裏派人的，別忘了我們剛剛去找過縣長，他雖然沒主見，但在抗日的問題上，應該不會含糊。」

胡澤開望著前面問道：「苗教授，你和他守在這裏，我帶游勇慶到河邊去支援他們！」

從後面上來兩個村民，其中一個叫道：「胡隊長，德謙叔帶人去追他兒子了。」

這兩個村民與胡澤開同輩，小時候都是一起玩的，原來的關係還不錯。只是由於胡澤開為報父仇，上山參加了遊擊隊，關係才疏遠起來。

胡澤開罵道：「這個老不死的，都什麼時候了，還不知好歹，就憑他手下的那幾條槍，也敢去追！」他接著問道：「我媽和我妹都沒事吧？」

那個村民回答：「你媽和你妹都躲到後山去了，沒事！就算有事，都有我們照應著呢！你放心吧！」

胡澤開扭頭對游勇慶叫道：「你不是負責保護胡會長的嗎？走，我們去追！」

劉勇國走過來說道：「我要救的人質就在那邊山谷的一座山神廟裏，看守他的是日軍的特種部隊，配有電台，為首的是一個叫小野一郎的人，是日本的高級特務，我第一次和他交手，輸了！」

「勝敗乃兵家常事，劉上校，你再次和他交手，不見得會輸！」苗君儒指著地上的日軍屍體說道：「現在是晚上，只要我們穿著這身衣服，就能渾水摸魚！胡隊長，你和游勇慶去救胡會長，可想辦法儘量拖住那股日本人。另外找個人帶我和劉上校去山神廟那邊，越快越好！」

方志標沒想到這股日軍的作戰力那麼強，鄭連長帶著那幾十個士兵拚死奪下小炮陣地後，最後只剩下十幾個人，他們調轉炮口朝那些俯臥在田裏的日軍開炮，可沒等開上幾炮，炮彈就沒有了。

俯臥在田裏的日軍並不撤退，而是有次序地形成扇形陣地進行抵抗。

媽的，連個陣地也沒有，這仗打得窩囊。方志標把頭埋在田埂下，和日軍作戰，總是吃武器上的虧，雙方剛一交火，他這邊就倒下一大片。有些沒見過這種陣勢的搜索隊員嚇壞了，轉身就跑，可沒等跑出去幾步，就被日軍的機槍撩倒，其餘的人趕緊撲倒在田裏，不少人嚇得尿了褲子，舉著槍朝天射擊。

日軍少佐很快看出了對手的破綻，指揮幾挺機槍掩護兩股日軍，從兩側向前衝擊。

好在鄭連長他們手裏有兩挺機槍，與對面的日軍對射，那股朝他們迂迴的日軍，很快被他們壓制住。但是那股衝向方志標他們的日軍，已經衝了上去，正呀呀地嚎叫著挺槍刺殺。

那些趴在田裏的搜索隊員，毫無招架之力，有的轉身就跑，有的還沒等起身，就被日軍的刺刀捅了個對穿。

方志標舉槍射倒了兩個衝向他的日軍，大聲叫道：「弟兄們，不要慌，我們的人比他們多，三個對一個，和他們拚了！如果讓小日本贏了，你們還有什麼臉面去見你們的兄弟姐妹和父老鄉親……」

經他這麼一喊，那些要逃走的人轉過身體，三四個對付一個，與衝到面前的日軍拚殺起來。

打蛇要打七寸，鄭連長看清那個舉著指揮刀的日軍少佐所站的位置，只要殺死那個日軍少佐，日軍失去了指揮，就容易對付得多。

他命令那兩挺機槍繼續壓制敵人，轉身帶了幾個人，懷揣手榴彈，沿著一條較高一點的田埂往前爬。只要爬到離那日軍少佐四五十米的地方，就有辦法對付了。

他們的行蹤很快被日軍察覺，兩三挺歪把子機槍一齊朝他們射擊，子彈如雨般射入他們身邊的泥土中，不時有人悶哼一聲，就再也不動了。鄭連長爬得很快，他的心中只有一個信念，就是儘快爬過去。

左肩和左腿同時一震，隨即傳來一陣麻痹，他知道自己中彈了，但是他並沒有停下，而是咬著牙繼續向前爬行。

一個士兵從他身後站起，還沒等把手裏的手榴彈扔出去，就身中數彈。兩顆「哧哧」冒煙的手榴彈就落在他的身邊。

不能再猶豫了，他抓起那兩顆手榴彈，不顧一切地挺身站起，用力朝前面扔了出去。他望著那兩顆手榴彈落到那日軍少佐的身邊，變成一蓬耀眼的火光，他的臉上浮現一抹微笑，絲毫感覺不到日軍機槍子彈穿透身體的痛楚。他歪過頭去，看著那些正在與日軍拚死相搏的人，他相信，用不了多久，這股日軍將會被盡數消滅。

他永遠都忘不了，他的團長身受七處槍傷，寧死都不肯退下陣地，最後被日軍的小炮炸成兩截。他更忘不了，那一個個相繼倒在日軍槍口下的兄弟。這年代當兵，隨時都會死，死在抗日的戰場上，比死在遊擊隊的槍下要光榮得多。他心中喊道：團長，我來了，下輩子，我還當你手下的連長，帶著兄弟們一起打小日本。

苗君儒和劉勇國換上日軍的軍服，在那個村民的帶領下，摸黑穿過山林趕到山神廟，但山神廟裏已經沒有了一個人。

劉勇國十分惱恨道：「我們來晚了！我叫羅局長留下一些人注意這裏的動靜，媽的，沒有一個會辦事的！」

苗君儒說道：「現在後悔也沒有用，得想辦法弄清那些人的去向。」

劉勇國問道：「他們還能去哪裏？」

苗君儒說道：「上川壽明拿了龍珠去了孽龍洞，這個白頭髮老者，拿到了傳國玉璽，一定會去與他會合，他們必須放出那條孽龍，才能找到龍脈的準確位置！」

劉勇國說道：「那我們趕快去孽龍洞！」

正說著，前面的山上響起了槍聲。有槍聲的地方就有人，苗君儒和劉勇國不約而同地朝那邊跑去，那個帶路的村民緊跟在他們身後。

腳下根本沒有路，他們只顧朝著槍響的那個方向狂奔，隨著槍聲越來越清晰，劉勇國臉上的表情興奮起來，因為他聽到了美式衝鋒槍的聲音。

跑上一道山梁，依稀看到前面幾百米的地方，不時閃現點點亮光，那是子彈出槍膛時發出的。兩人看了一陣，辨清左邊的火光是中正式步槍發出，而右邊連續射擊的，自然是日軍手裏的美式衝鋒槍了。

只要趁亂混入日軍的隊伍中，就有辦法救出日本人手裏的人質。

兩人朝右邊跑去，苗君儒不慎被一根藤條絆倒，當他爬起來時，見劉勇國已經跑得沒影了。他要繼續往前追，聽到後面那帶路人發出叫喊，忙轉身去看，隱約見那帶路人的身影緩緩倒在地上。他剛要走回去看，一個黑影攜著刀光，突然從旁邊的樹上向他撲來。他正要舉槍射擊，那黑影卻罵了一聲「八嘎」，掠到另一邊去了。

原來襲擊他的是日本忍者，黑暗是忍者的天下。剛才那忍者撲到他面前時，看到他穿著日本軍服，以為是走散的日本兵，才硬生生收住了手中的刀。

苗君儒吃了一驚，剛才若不是那身軍服，說不定已經著了忍者的道，成為刀下之鬼了。他朝忍者消遁的方向望去，哪裏還見忍者的身影？

既然忍者在這裏，那白頭髮老者就不會遠。他繼續朝前走，這次學乖了，走一段路，就停下來聽聽槍聲。

苗君儒怎麼都想不到，距他不到三百米的山道上，胡澤開滿口噴血，正揮舞著大刀，與兩個忍者拚死搏鬥。

卻說胡澤開和游勇慶兩人，並未換上日軍的軍服，便和那兩個報信的村民往村東頭趕了。過了維新橋，見到了兩三具鄉丁的屍體，像是被手榴彈炸的，屍體血肉模糊，看不清原來的樣子。

這幾個鄉丁一定是中了日本人布下的絆雷，因為胡澤開他們在山上的時候，就險些踩到。從屍體上的服飾看，屍體中並未有胡德謙，他們沿著石板鋪就的山路往前跑了一陣，又見到一具屍體，仍是鄉丁。

胡澤開朝黑呼呼的山嶺看了看，對游勇慶說道：「這樣追不是辦法，要是中了日本人布下的絆雷，就死得冤了！」

他知道有一條山路，能夠直接穿過去，說不定還能堵到那股逃走的日本人。

當他們爬上山梁，正要繼續往前追時，聽到右邊的山道上傳來一聲爆炸，槍聲也隨即響起。

原來羅中明留下觀察山神廟動靜的那二十幾個員警，在一個班長的帶領下，躲在樹叢中看著山神廟的動靜，不管考水村那邊的槍聲響得多激烈，這邊始終沒有動靜。

也不知道過了多長時間，山神廟裏的人終於出來了，有十幾個，打著手電筒朝另一條山路走去。

那班長謹記羅中明臨走時的交代，不到萬不得已的時候，不能驚動那些日本人，因為日本人手裏有很重要的人質。所以他率著那二十幾個人，偷偷地跟在那些日本人的後面，不敢輕舉妄動。

往山上走不了多遠，見另一條山路上來了一些人，兩路人馬會合後，沿著山路繼續朝北走。

那班長帶著人繼續跟著，剛走了一段路，不知道碰上了什麼東西，身邊突然亮起一團火光。

當班長和兩個員警的屍體滾落到一棵松樹下時，其餘的員警趕緊躲在樹後，不顧一切地朝前面開起槍來。

雙方的人在樹林裏對射，不斷有人慘叫著倒下。

當胡澤開和游勇慶趕到時，樹林裏的員警已經死得差不多了。那些日本人並不戀戰，邊打邊退。

游勇慶在山道兩邊的林子裏飛竄著，不時躲在樹後開上一槍，幾乎彈無虛發。當他舉槍再一次朝前面瞄準時，見一個日軍少佐站在山道中間，把刀架在胡德謙的脖子上，用生硬的中國話叫道：「你們敢再開槍，我就殺了他！」

原來胡德謙帶著幾個鄉丁去追兒子，剛走過維新橋，衝在前面的兩三個鄉丁，就中了日本人設下的絆雷。往前追了一陣，還沒到山頂，就被幾個從樹林裏衝出來的日本兵包圍。日本人興許知道他的身分，並沒有殺他，而是把那兩個跟著他的鄉丁給殺了。就這樣，他成了日本人手裏的俘虜。

游勇慶正猶豫著要不要開槍，只見那日本人旁邊的樹叢中飛起一道身影，刀光一閃，那日軍少佐已經身首異處。

殺死那日軍少佐的，正是胡澤開。身為遊擊隊長，他最習慣在黑暗的樹林裏穿梭，行動起來也得心應手。

胡德謙驚魂未定地望著手持大刀的胡澤開，喃喃問道：「為什麼要救我？」

胡澤開說道：「國仇大於家仇，在日本人面前，所有抗日的中國人都是兄弟！」

一聲槍響，胡澤開的身體搖晃了兩下，他怔怔地望向前面。就在他前面不遠的台階上，胡福源手裏的槍口仍在冒煙。

「畜生！」胡德謙俯身撿起那日本人落在地上的刀，踉蹌著向兒子衝過去。

胡福源把槍口對準年邁的父親，閉上眼睛勾動了扳機。

說時遲那時快，站在一棵樹下的游勇慶，已經瞄準胡福源率先勾動了扳機。

槍聲中，胡福源的右胸前迸出幾點血花，他怔了怔，手一抖，子彈射入了旁邊的土中，身體斜斜地倒了下去。

胡德謙手裏的日本刀直直刺入胡福源腹部，哭罵道：「畜生！畜生！」

胡福源微微地笑著，口中噴血，聲音遲緩地說道：「我……只想……證明……我不是……一個沒有用的……人……」

胡德謙放開刀把，抱住兒子仰天叫道：「兒呀，兒呀！」

那蒼老悲傷的聲音，在山谷中遠遠傳開去，顯得倍加淒涼與孤寂。

游勇慶一槍射中胡福源後，迅速頂上子彈，正要尋找目標射擊，忽然覺得腦後風響，他下意識地低頭，一把刀擦著他的頭皮而過。

一個黑影一閃即沒，他想起那些見過的日本忍者，心頭不禁一寒，在這種情形下，穿著黑衣的日本忍者，要比手拿美式衝鋒槍的日本兵要難對付得多。

樹林裏的槍聲不知道什麼時候稀疏了下來，不時傳來一兩聲慘叫，聽得人直起雞皮疙瘩。他背靠著一棵大樹，豎起耳朵，傾聽著來自身邊的聲音。

山道上，胡澤開抹了一把從腹部流出來的血，撕下一塊布繫住傷口，咬著牙繼續往前追。一道人影從左邊的樹林中衝出，刀光斜削向他的左肋。他冷笑一聲，大刀向外一撥，接著順勢往上一撩，一股帶著血腥氣味的液體立即飆了起來。

屍體就落在他的腳邊，被他一腳踢開。

從旁邊的樹林中射過來一串子彈，他晃了晃，用大刀穩住身體，罵道：「小鬼子，暗箭傷人，有本事出來跟你胡爺爺過兩招！」

兩條黑影一左一右地朝他撲到，他用力隔開劈向頭部的那一刀，但腰部卻傳來一陣劇痛。他後退了幾步，口中噴血，叫道：「你胡爺爺臨死也要找個墊背的！」

又有兩個忍者現身在山道上，四個忍者兩前兩後，交替著揮刀而上，胡澤開後退幾步，突然以一種不可思議的速度衝上前。一把日本刀硬生生刺入他的腹部，但他手中的大刀，卻同時砍斷了那忍者的脖子，然後往回一帶，斜劈而出，正好劈中另一個忍者。

胡澤開用手緩緩拔出腹部的日本刀，哈哈大笑道：「你胡爺爺我賺了！」

從林子裏鑽出來的苗君儒正好看到這一幕，禁不住叫道：「胡隊長！」

剩下的兩個忍者有些奇怪地望著苗君儒，被他當頭一槍撩倒一個，另一個撒出幾支暗器後，閃身遁入了樹林中。

苗君儒往地上一滾，避過射來的暗器，隨後起身衝到胡澤開的面前，扶住他叫道：「胡隊長！」

胡澤開睜開眼睛，艱難地說道：「苗教授……我……不能保護你……了要……胡……會長……把我……葬在……我爸……身邊……我們兩家……的仇……」

他的話還沒有說完，頭一歪，靠在苗君儒的肩膀上，永遠閉上了眼睛。

從旁邊的樹林裏又出來一個人，苗君儒剛要舉槍，聽那人影說道：「是我！」

苗君儒聽出是游勇慶的聲音，放下心來。

游勇慶走過來，哽咽著問道：「苗教授，我們還往前追嗎？」

苗君儒把胡澤開放到一邊，說道：「不，我們去縣城！」

游勇慶驚道：「我們去縣城做什麼？」

「去見一個人。」苗君儒啞聲道：「他應該到了！」

第八章

紫陽觀主

張道玄笑道：「適逢天地異變，陰陽逆向之事，
能逃得了我們道家的法眼？這劫數之中，須得有人為之。
冥冥之中自有定數，苗教授，你豈不知人定勝天之理？」
他拍了拍放在桌子上那件用布包著的東西，說道：
「為了保住龍脈，我還請出了天師鐵劍！」

一九四五年三月十四日清晨。

苗君儒脫去了身上的日本軍服，和游勇慶站在婺源縣城西邊的山頂上，鳥瞰著整個城區。

婺源縣城的城區是一個鞋底形狀的半島，東南北三面環水，唯獨西面靠山。城牆高有三丈，共有大小八座城門。那城牆乃南唐都制置使開始修建，至今已有千年之久，有的地方已經倒塌。

為了避免不必要的麻煩，他們並沒有從城門進去，而是直接由山上的城牆垮塌處進入縣城，拐過幾條街巷，來到離城牆東門不遠的紫陽觀。

紫陽觀的大門開著，不時有香客和遊人進出。這紫陽觀有近兩千年的歷史，相傳是漢代紫陽真人修煉成仙的地方，觀中有一眼龍泉井，井水甘冽，若逢春夏秋三季雨後天晴之時，便有彩虹從井中而出。理學家朱熹年幼時，曾於觀中小住，至今井邊有一石碑，碑上有朱熹親筆所書「虹井」二字。

苗君儒抬頭看了看天色，見空中烏雲密佈，顯得暗沉無比，好像要下雨了。明天就是二月二龍抬頭的日子，絕對會有一場大雨。

兩人進了紫陽觀，苗君儒朝看門的老頭打了一個稽首，問道：「請問這兩天有龍虎山那邊的道長過來嗎？」

那老頭上下打量了苗君儒，說道：「道長昨天傍晚才到，正與觀主談事，不見外客！」

苗君儒高興道：「來了就好，麻煩你轉告道長，就說姓苗的到了！」

那老頭轉身叫了一個年輕的道士過來，低聲吩咐了一番，那年輕道士轉身進去了。不一會兒，出來站在大殿前的台階上，朝苗君儒招了招手。

年輕道士在前面帶路，繞過大殿，轉了幾道迴廊，來到一間偏室的門口，轉身說道：「兩位施主，道長就在裏面！」

苗君儒推門進去，一眼就看到了坐在椅子上的一個道人，鶴髮長鬚童顏，眉宇間自有一副仙風道骨之氣，正是他認識的龍虎山天師府的道士張道玄。張道玄旁邊的椅子上，坐著一位穿道袍的老道士，估計就是紫陽觀的觀主了。

張道玄微微一笑：「你終於來了！來來來，我來向你介紹，這是紫陽觀的觀主，道號無塵。」

苗君儒朝他們兩個人各打了一個稽首，說道：「我還擔心劉上校，沒有把我請你來婺源的消息傳到龍虎山！」

張道玄笑道：「就算他沒有把你的消息傳給我，我也要來的呀，無塵道兄早在半個月之前，就已經派人通知我了。今年乃逢天劫之數，應在婺源，我怎麼會不來呢？今天陽曆十四，陰曆是二月初一，明天就是二月二龍抬頭的日子，只剩一天了呀！」

苗君儒驚道：「張真人，你都知道了呀？」

張道玄摸著鬍子笑道：「適逢天地異變，陰陽逆向之事，能逃得了我們道家的法眼？只是這劫數之中，須得有人為之。雖說冥冥之中自有定數，苗教授，你豈不知人定勝天之理？」他拍了拍放在桌子上那件用布包著的東西，說道：「為了保住龍脈，我還請出了天師鐵劍！」

苗君儒正為如何對付那日本白髮老者而犯愁，聽了張道玄的話，當下放下心來，說道：「能夠得到張真人的幫助，我就有九成的把握贏他們！」

張道玄指著紫陽觀主無塵道長說道：「無塵道兄精通風水堪輿之術，他能助我們一臂之力！」

苗君儒再次向紫陽觀主無塵道長稽首施禮，說道：「我這裏首先向觀主謝了！」

無塵道長微微頷首，說道：「我乃劫數中人，毋須多言，今年天劫，倒成全了我的修行！」

苗君儒說道：「真人方才稱觀主精通風水堪輿之術，我有一事請教！」

無塵道長說道：「當年何半仙留下的童謠之中，『田上草』那三個字，指的就是你苗教授。苗教授乃貴人之相，有經天緯地之才，保家衛國之能。天劫之數中，苗教授乃主星之兆，我等自當輔之，有事但問無妨，談何請教之理？」

苗君儒見無塵道長那麼謙虛，便拿出了隨身的那本《疑龍經》，將郭陰陽和他之間的事說了，接著問道：「若不想日本人找到龍脈，方法有很多種，可是郭陰陽為何要我幫日本人尋找呢？他還說這本書上有玄機，可是我看了幾遍，都看不出玄機在哪裏！」

張道玄聽了苗君儒講述與郭陰陽的事之後，臉上盡是驚異之色，說道：「苗教授，我就知道你不是凡人，想不到居然有那樣的際遇？據我所知，那郭陰陽也非普通人，畢生研究《疑龍經》與《撼龍經》，已深悟其精髓。只可惜被那日本老者壞了好事，如果他將他的畢生所學以陰陽二氣全部灌輸傳給你，你在風水堪輿上的造詣，絕不低於無塵道兄，又怎麼會無法看出《疑龍經》上的玄機呢？」

苗君儒苦笑道：「所以我現在只是個半吊子！」

無塵道長接過那本《疑龍經》，翻了幾頁，說道：「此乃原本佛香版《疑龍經》，乃道家至寶。《疑龍經》並非全為風水堪輿之術，乃內藏道家真元修煉之法，每篇取其中一句，即為修煉之術。第一篇中的那一句為『行到中間陽氣聚』，乃講解氣運丹田之功；第二篇中的那一句為『請向正龍尋兩邊』，乃是氣走陰陽任督二脈之理……」

苗君儒不等無塵道長把話說完，問道：「觀主如何得知其中玄機？」

無塵道長笑道：「我俗家姓何，乃南唐國師何公第四十七代孫，我何氏一門歷代研究風水堪輿之術。此《疑龍經》中的道家真元修煉之法，乃主上所言傳。不過，照此法修煉，仍無法達到最高境界。我有一個伯父，自幼聰慧，陰陽六爻八卦風水堪輿之術一學即通。十二歲開始修煉道家真元，只可惜也只能修個半仙之體，終脫不了凡胎。」

苗君儒說道：「原來我在孽龍洞中所遇的，那個以陰陽傳音之術留下聲音的何半仙，就是觀主的伯父。從令祖為明經公胡昌翼造那一座引天地靈氣的八卦墳開始，你們何氏一門與考水胡氏一族，已經結下不解之緣了！」

無塵道長笑道：「聽你這麼說，你已經洞曉八卦墳的玄機了！」

苗君儒點頭，便把前天晚上在黃村百柱宗祠發生的事，以及他在考水看過八卦墳的事情，一併全說了，他擔心上川壽明拿走龍珠後，會很快釋放出那條孽龍。

游勇慶說道：「都過去那麼長時間了，以那些日本人的本事，我擔心程隊長他們頂不住，說不定孽龍已經被放出來了！」

張道玄笑道：「時間沒到，拿不到御封龍印，借助神龍之力找到龍葬之地，他們是不會放出孽龍的。」

苗君儒說道：「孽龍洞中何半仙的『陰陽傳音』也是這麼說的。」

無塵道長問道：「苗教授，胡會長有沒有給你看那張他家祖上留下來的拓片？」

苗君儒說道：「那張拓片與族譜上的詩我都看過，剛開始沒有看明白，後來我才發覺，拓片上的圖案，是與整個村子有很大關係的！我認為考水村附近，應該有一處與黃村一樣的地下建築，只是時間緊迫，我沒辦法破解上面的玄機，找到入口！但是李教授和卡特，卻……」

無塵道長扭頭看了看張道玄，打斷了苗君儒的話，正色問道：「你認為考水村真有傳國玉璽？」

苗君儒說道：「傳國玉璽已失蹤上千年，歷史上不乏有各種說法，但我認為，玉璽就算不在考水，也與考水胡氏有著很大的關係。可是現在，他們已經拿到了傳國玉璽！」

張道玄把話題岔開，說道：「照你所說，目前婺源境內有兩股日本人，一股是那個白髮老者，在考水村一帶，剛剛拿到了你說的傳國玉璽；另一股是日本玄學大師上川壽明，在一天前就已經拿著龍珠去了孽龍洞？」

苗君儒點了點頭，沒有說話。

無塵道長對張道玄說道：「道兄，你可知那龍珠的來歷？」

張道玄說道：「據說當年祖師爺以鐵鍊鎖那條孽龍於龍井之中，以玄天之術逼孽龍吐出龍珠，莫非就是那顆龍珠？」

無塵道長微微點了點頭。

張道玄說道：「當初祖師爺拿到龍珠後，將龍珠鎮於齊雲山的先師殿。元末的時候，朱元璋與陳友諒在鄱陽湖大戰，劉伯溫趕到齊雲山請出龍珠，在鄱陽湖邊設了祭壇，施展道家法術掀起滔天巨浪，淹了陳友諒的大半水軍，朱元璋才得以打了勝仗。但那以後，龍珠從此下落不明。可聽苗教授所說，那黃村的地下金鑾殿，乃是清朝初期修建的呢！龍珠怎麼到了哪裏呢？」

無塵道長說道：「道兄有所不知，那龍珠其實並未遺失，乃被劉伯溫帶至安徽鳳陽，以龍珠借水之力，填補朱元璋祖墳中的五行之缺，方有大明江山。按劉伯溫所算，大明江山應為二八之數，即十六帝二百八十年，但因朱元璋殺戮太重，折紀三年，所以大明江山只有二百七十七年。李自成麾下宋獻策乃我輩中人，不知道如何得知龍珠之事，兵敗經過鳳陽時，挖開朱元璋祖墳旁邊的護脈之山，得到了那顆龍珠……」

苗君儒忍不住問道：「觀主如何知道這些事？」

無塵道長說道：「那宋獻策之子宋寶，乃我觀中道人，道號木玉山人。當年在黃村修建地下金鑾殿，也是我祖上相助，才得以建成。那百柱宗祠，實為遮人耳目之用。」

苗君儒接著問道：「我在孽龍洞中，見到木玉山人留下的墨蹟，難道他也到過裏面？」

無塵道長說道：「木玉山人撫養李自成之子，何曾不想復興大順王朝，他也知孽龍洞中有孽龍，只要用道家法力借龍珠之力釋放出孽龍，再用御封龍印鎮之，就能找到龍葬之地，找到龍脈之穴，以人葬入，可保後代成為帝王。只可惜他沒有御封龍印，所以只能作罷。至於我伯父，是在洞悉了天地玄機之後，在洞內布下道家氣陣，不想外人進去騷擾那條孽龍，擔心激發孽龍的戾氣，怕到時候你收服不了！」

苗君儒驚道：「什麼，要我去收服那條孽龍？」

無塵道長說道：「我剛才說過，你是今年天劫的主星，凡事都應在你的身上！還有一件事我要告訴你，當年我伯父登仙之際留言，要想修到道家最高境地，必找到《疑龍經》與《撼龍經》那兩本佛香本奇書，以三昧真火燒之，必有奇蹟出現。其實這兩本書，乃是道家真經。」

苗君儒說道：「《疑龍經》在我手裏，可那本《撼龍經》，卻在那白髮老者手裏。不過沒關係，他說我們倆一定會見面的！」

游勇慶說道：「到時候想辦法從他手上把《撼龍經》奪過來，就知道那兩本書的秘密了。只是那三昧真火，卻很難弄得到！」

苗君儒與張道玄相互笑了笑，並不說話。從道家的角度解釋，有一定修為的道人，都能煉出三昧真火。以張道玄與無塵道長的修為，要想煉出三昧真火，並不是什麼難事。

無塵道長把手中的《疑龍經》放在天師鐵劍的旁邊，說道：「只可惜龍珠和御封龍印都落到他們手裏了，我們得多費一番手腳了！我前兩天夜觀天象的時候，隱約見西北方向有妖氣，正要和道兄動身趕往孽龍洞那邊，先除妖孽！」

苗君儒想起那具殭屍的事，說道：「我在陝西考古的時候，曾見到一具活屍，此活屍與殭屍不同，動作敏捷且不懼普通法器，我幸有張道兄送我那幾樣法器，才保住一命。在孽龍洞中，我聞到那具活屍的臭味。而在百柱宗祠，胡隊長親眼見到了那具活屍，好在有郭陰陽送我的陰沉木八卦，他才揀回一條命。我肯定那具活屍是上川壽明的。」

張道玄皺眉道：「殭屍我倒見過，你說的這行動敏捷的活屍，我沒見過。不過，據天師府中的古籍記載，確有與殭屍不同的活屍，稱為屍妖。屍妖與殭屍不同，須得埋於土中千年不腐之屍，還需此屍生前有戾氣，死不瞑目者。選月圓之夜，以八個童男童女之血浸泡，再以邪術將其魂魄招回，方成活屍。苗教授，你說得不錯，這活屍比千年殭屍還厲害，普通法器確實對其無可奈何，而且連白天都可以出來害人。我雖然有天師鐵劍，可那活屍有甲冑護身，恐怕也難傷著他。」

無塵道長說道：「原來我看到的妖氣是那具活屍所致。聽道兄所言，莫非就沒有辦法對付那活屍了？」

張道玄說道：「並非沒有辦法對付。活屍與殭屍不同，有魂魄在身，那上千年的戾氣早已經化成了妖氣，普通靈符無法鎮住。而且他動作靈活，要硬碰硬的話，恐怕很難對付，得弄清他的來歷，才好想辦法對付！」

苗君儒說道：「我在藍田的那天晚上，聽那幾個區小隊員說過，村裏不見了幾個孩子！」

張道玄說道：「這麼說的話，那個日本人就是在那裏煉成這具活屍的。」

苗君儒說道：「那幾個區小隊員都死在活屍的手上，最後一個區小隊員臨死的時候，要我到玉川去找胡老漢，還要我注意日本人，只是當時我們想早點回重慶，就沒有去玉川。」

張道玄說道：「要是你去了玉川，也許就能從胡老漢那裏知道點什麼，可惜現在已經遲了。如果確定活屍是日本人在藍田煉的，我就有辦法！」

無塵道長問道：「道兄有何辦法？」

張道玄說道：「那口日本煉的活屍，不可能大老遠從日本帶過來，所以活屍生前應該是中國人。他有三魂七魄，能聽得懂我們說的話，如果我們告訴他當年發生的事情，曉以民族大義，也許他會幫我們。但是那日本人是他的再生恩人，所以……」

苗君儒說道：「所以我們仍沒有勝算的把握？」

張道玄說道：「萬一不行的話，我只得以命相搏，用三昧真火打出他的魂魄。沒有了魂魄，他就是一具殭屍。苗教授，有天師鐵劍在你手裏，你都能滅了他！活屍的命門在天靈蓋的百會穴和腳底的湧泉穴，那是他連通天地靈氣之處，也是他最弱的地方。」

無塵道長說道：「大凡邪物，在月圓之夜最猛，如今乃是月底與月初相交之時，凌晨乃見眉月，諒那邪物也強不到哪裏去。張道兄，我看現在我們就去找那邪物，不管怎麼樣，做個了斷，你看如何？」

「也好！沒有了那具活屍相助，日本人的本事會大打折扣。」張道玄掐指一算，接著走出廂房，仰頭向天，驚道：「不好，那條孽龍已經蠢蠢欲動，我們必須儘快趕到那裏！」

苗君儒站在張道玄的身邊，見天空中漆黑一片，根本看不到什麼，但空氣沉悶，是大雨來臨之兆。他說道：「我們要想辦法儘快趕去，要是有馬就好了。」

游勇慶說道：「我知道哪裏有馬，你們三位在城外等我一會兒，我去弄馬來！」

說完，他檢查了一下背在背上的槍，轉身走了！

無塵道長見時間緊迫，忙叫一個道士準備了四個人穿戴的蓑衣和斗笠，還有兩盞照路用的馬燈，三個人從小西門出了城，來到位於湯村那條往北去的路口，看看天色，已經臨近中午。沒等多久，就聽到城內傳來槍聲。

不一會兒，見游勇慶騎著一匹馬急馳而來，手裏還牽著三匹，衝到他們面前，大聲說道：「快上馬，那些王八蛋追上來了！」

三個人上了馬，過了湯村，沿著北去的那條路急馳。

四個人騎馬一路狂奔，還沒走半個時辰，大雨下來了，如瓢潑一般，一陣緊一陣，打得人頭上的斗笠叭叭直響。轟隆隆的雷聲彷彿就在人的頭頂炸響，震得人頭皮發麻，兩耳嗡嗡直響。白晃晃的閃電如幽靈一般瞬間劃過雨霧，閃得人的眼睛根本睜不開。馬的前進速度早就慢了下來，四蹄在泥漿裏打滑，幾次都差點滑到田裏去了。

他們身上雖然穿了雨具，可也沒有什麼用。那雨實在太大，借著風勢灌到人的脖子裏。游勇慶把馬燈藏在蓑衣下，以免被雨淋到。沒多久，他胸前的衣服全淋濕了，他看了看前面，見苗君儒和張道玄兩人不時大聲策馬，可無論他們怎麼策，那馬就是走不動。

這裏距離孽龍洞還有上百里地，照這樣的速度，半夜都走不到。好在前面有個涼亭，四個人進了涼亭，把馬繫在亭柱上。張道玄摘下斗笠問道：「還有多遠？」

無塵道長回答道：「還有上百里。這雨下得真大，道兄，要不我們歇一會兒，等雨小一點再走？」

張道玄點了點頭，解下身上蓑衣。

涼亭的一個角落裏有些稻草，苗君儒搬了一些過來，用打火機點燃了，四個人圍著火堆烤火。稻草不經燒，燒一會就沒了。

張道玄站在涼亭邊朝外面看了看，見雨勢絲毫未減，估計這雨得下一兩個時辰，他轉身重新披起蓑衣，說道：「走路都比騎馬快，而且身上不冷，道兄，我們走！」

苗君儒和游勇慶穿好蓑衣，牽著馬跟著兩個老人撲進了雨霧中。

四個人頂著大雨，一腳深一腳淺地走著，也不知道走了多久，來到清華村的彩虹橋上。

彩虹橋長達五十丈米，寬兩丈，有五個橋墩，橋墩與橋墩之間用木板相連，上有廊亭，廊亭兩旁設長凳，以供行人歇腳。建於宋孝宗隆興年間，相傳婺源自古以來就有做善事的習俗，修橋、鋪路、建亭子等。最早，橋上游四十米的地方，建有一座獨立木橋，一年之中好幾次被洪水沖毀，給村裏人帶來很大的不便。清華村一位出家的和尚胡濟祥與一位能人胡永班，很想為清華人建一座永久性的橋。胡濟祥雲遊四海，用三年多的時間化緣，籌集到一筆鉅款。然後由胡永班負責設計、建造、施工，歷時四年多完成。在建造的過程中，清華村裏的許多文人墨客、紳士都想給橋取個內涵豐富的名字。婺源人自古不喜歡簡單地用地名命名橋名，幾乎所有的古橋都有一層美好的寓意，這座橋也不例外。許多人都給橋取了不同的名字，但無一被村裏人認可。

那天傍晚時分，就在橋將要竣工之際，胡濟祥焚香頂禮朝空膜拜，口頌金剛經，結果奇蹟出現了，西邊的山背上出現了一道亮麗的彩虹，夕陽透過雲層，倒映在水中，構成了一幅美麗的山水畫。當時胡濟祥、胡永班見到此景，認為這是吉兆，立即叫村裏人燃放爆竹慶賀，彩虹是清華人心目中吉祥、美麗的象徵，幾乎所有的人都認為橋名取彩虹橋最為恰當，就這樣一直叫到現在。

張道玄聽得橋下山洪嘩嘩作響，水勢很大，廊橋外雨勢絲毫未減，天色漸漸暗了下來，不覺焦急起來，問道：「還有多遠？」

游勇慶說道：「走小路還有四十多里，走大路有六十多里！」

苗君儒坐在廊橋邊的長椅上，這幾天一直沒有好好睡一覺，加之跑來跑去，身體已經疲憊不堪，剛一坐下，睏意便上來了，眼皮像灌了鉛一樣直往下耷拉，想睜都睜不開。

坐在廊橋內，倒不懼外面的大雨。游勇慶見廊橋的頭上有一擔乾柴，不知道是哪個山民挑來放在這裏的，當下也不客氣，抱了柴火到橋墩的石板地上生起火來。

幾個人烤了一陣火，身上淋濕的地方也漸漸乾了。苗君儒瞇了一會眼，精神恢復了不少。

張道玄見外面的雨勢小了一些，便要穿上蓑衣繼續趕路，不料無塵道長一把扯住他，說道：「道兄，你聽！」

天空中不時傳來陣陣雷聲，張道玄靜下心神聽了一會兒，臉色漸漸變了，不由自主地說道：「怎麼會這樣？時間沒到呀！」

苗君儒站在廊橋邊聽了一會兒，隱隱覺得那雷聲中，還有另外一種聲音，很沉悶但又顯得高亢，又有幾分歡快，如同是一個久居牢獄的江洋大盜在走出牢門之後，從內心發出的那一聲聲巨吼。

無塵道長說道：「離二月二還有幾個時辰，難道是他們等不及了，提前把孽龍放出來？」

張道玄說道：「不管怎麼樣，我們一定要在孽龍出洞之前趕到，有祖師爺的天師鐵劍在，那孽畜就出不了洞！」

那雨勢又大了起來，夾雜著電閃雷鳴，預示著一場天地巨變即將到來。

第九章

龍脈傳奇

隨著一聲響，石碑斷為幾塊掉落在地上，
那條鐵鍊也隨之斷為幾截，滑入龍池中。
霹靂聲起，從龍池中升起一道水柱，
那水柱紙上，出現一顆簸箕大小的龍頭，
兩顆銅鈴一樣的龍眼，射出懾人的寒光，令人不敢直視。

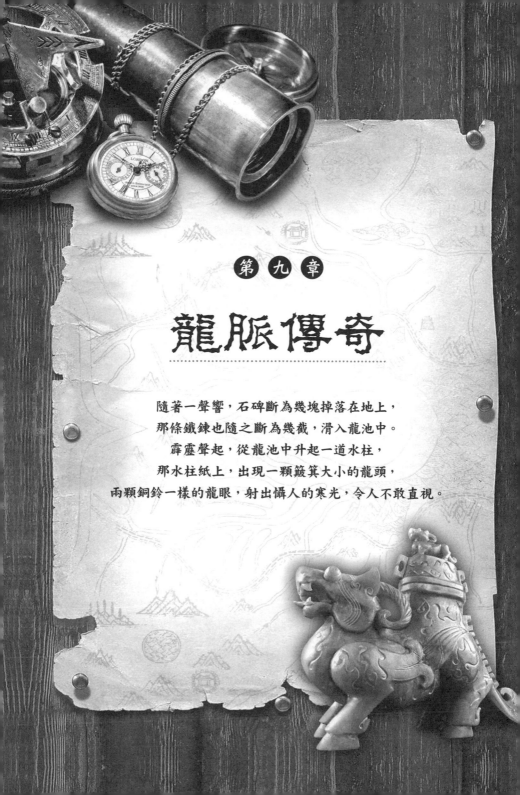

四個人不顧一切地往前趕，一個時辰之後，終於來到通元觀村，這一路上大雨傾盆，可一到這裏，居然一滴雨都沒有。而這時，距離子夜時分不到兩個時辰。

這裏距離孽龍洞只有兩三里地。本想進村問問情況，但孽龍洞那邊傳來斷斷續續的槍聲，逼得他們不得不繼續往前趕。

來到山腳下，見到不少屍體，有游擊隊員，也有穿黑衣服的日本忍者和穿軍裝的日軍。看情形，這裏經歷過異常慘烈的拚搏。

越往山上走，屍體越多，大多是游擊隊員的，很多人都殘缺不堪，死狀很慘。在一塊山崖下，一個游擊隊員的手死死掐著一個日軍的脖子，一把刺刀從他的後背透出，而他的頭，則落在旁邊的地上。

游勇慶看得眼睛發紅，端著槍不顧一切地要往上衝，被苗君儒死死拉住：「你這麼衝上去，還沒等你開槍，躲在暗處的日軍早就一槍把你放倒了！」

幾個人緊貼著石壁，小心翼翼地走到離孽龍洞還有幾十米的地方，突然一聲震天霹靂，讓人感到一陣地動山搖。緊接著，一聲聲龍嘯之聲從洞內傳出來，聽得人頭皮發麻。

張道玄笑道：「還好我們來得及時，要是再過一個時辰，孽龍就出洞了！」

當他們站在孽龍洞口時，一個高大的黑影攔住了他們的去路。苗君儒定睛一看，正是那具他見過的活屍。

張道玄望著那具活屍，說道：「老道我一生見過不少殭屍，但對付屍妖，還是第一次！」

他緩緩拿開包住天師鐵劍的黑布，腳踏八卦，手揑劍訣，口中念念有詞，咬破舌尖，一口血全噴在劍上。那劍瞬間放射出一溜金光，活屍一見那金光，禁不住後退了兩步，發出一聲巨吼，口一張，噴出一股黑霧。

張道玄低聲對身邊的三個人說道：「小心，那黑煙含有屍毒！」

洞口旁邊的山岩上出現幾個黑影，是那些穿著黑衣的日本忍者。這些忍者最可惡，行動的速度很快，而且很會發暗器，稍不注意就著了他們的道。

苗君儒已經拔出那把佐官刀，留心周圍的動靜。游勇慶把槍握在手裏，朝那幾個黑影開了幾槍。洞內和山的另一邊斷斷續續有槍聲傳出來。剛才那一聲巨響，定是有人引爆了放在洞裏的炸藥，不知道把洞炸塌了沒有。

那具活屍連連吐出黑霧，逼得眾人不敢向前。但那些黑霧一遇到鐵劍射出的金光，瞬間消失得無影無蹤。

張道玄從衣內取出兩道靈符，托在手掌心，掌心上出現一蓬藍色的火焰，將靈符燒著，那靈符瞬間變成一團火球，射向那活屍。

「碰」的一聲，火球在活屍身上炸開，那活屍退了幾步，張了張口，再也噴不出黑霧了。

無塵道長說道：「道兄，這孽畜是想拖住我們，不讓我們進洞。我來對付他，你們衝進洞去！」

張道玄口中念念有詞，將天師鐵劍凌空劃了一個圈。空中頓時出現一個金光閃閃的陰陽八卦圖，罩在那活屍的頭頂。

他對身邊的無塵道長說道：「道兄，我用通靈術逼出自己的真元，和他的魂魄進行對話，你們護住我的肉身！」

說完，他盤腿而坐，雙手在胸前結了一個道家的法印。那天師鐵劍就凌空懸在他頭頂一尺之處，微微晃動著，金光照著眾人。

一道身影從旁邊的山岩後掠起，還沒等那黑影撲過來，苗君儒已經持刀迎了上去，劍光火花之間，一具無頭屍體落在山崖邊。

苗君儒持刀站在張道玄的身邊，用日語大聲叫道：「你們有什麼本事就使出來吧！」

他的話音剛落，利器破空之聲不絕於耳。他連忙用刀捲起一道刀光，護住自已與張道玄。游勇慶一把將無塵道長拉到一堵山岩的後面，以躲避那些忍者射來的暗器。

幾枚暗器射在他面前的山岩上，激起幾串火花。他從山岩後不時探出頭來，朝那些閃動的黑影射上一槍。

那具活屍的頭頂出現一團黑霧，衝向那金光閃閃的陰陽八卦圖，一道閃電過後，那陰陽八卦圖不見了。

苗君儒聽到身後傳來張道玄的聲音：「苗教授，不知道那日本人用了什麼邪術，這妖屍居然不聽我的勸，而且它的本事出乎我的想像。你趁我和妖屍周旋之際，快拿著我這把天師鐵劍進洞，如果那條孽龍衝出龍池，你用劍殺了那條孽畜！」

苗君儒驚道：「可是郭陰陽要我保住這條孽龍不死！」

張道玄的聲音繼續傳來：「殺不殺這條孽畜，就要看天意了，郭陰陽要你那麼做，自然有他的道理！我正用玄天之術查這妖屍的來歷，只要知道他的來歷，就有辦法對付！」

苗君儒點了點頭，回身拿了那天師鐵劍，飛快掠過去，不料卻被那具活屍攔住去路，無法衝入洞內。

苗君儒挽了一個劍花，對準活屍就刺。活屍輕巧地避過劍尖，一把朝他當頭抓下。他閃到一旁，躲過活屍的一抓，可那樣一來，卻給山岩上的忍者鑽了空子，暗器呼嘯著向他飛來。

他翻身在地上一滾，堪堪避過那些暗器，可那具活屍的巨手又已經抓到。他的身體在地上旋了一個圈，手中的天師鐵劍橫掃向活屍的雙腿。

那活屍的身軀突然騰起，停在空中，像一隻體形龐大的巨鳥，俯視著苗君儒。口一張，一蓬黑霧已經罩了下來。

無塵道長見情勢危急，再也忍不住，從藏身的岩石後面衝出來，咬破右手中指，在左手掌心上畫著八卦，劈掌拍出。他手心出現一道金光，射向那具活屍，自己卻被忍者的暗器擊中。

活屍被金光射中，如遭電擊，往後退了幾步發出一聲巨吼。苗君儒趁機虛刺幾劍，將活屍逼到洞邊。

游勇慶從岩石後面探出頭，一槍射倒了一個忍者，搶步到無塵道長的身邊，扶著他道：「道長，道長！」

無塵道長靠在岩壁上，喘著氣對苗君儒大聲說道：「當年先祖受大唐太子之托，建那引導陰陽二氣的八卦墳，就已經算到會有今日一劫，我何氏一門，世代謹守祖上遺訓，保住這個秘密，想不到居然被你看出來了。郭陰陽那麼做，也是為了使先祖當年的心血不白費，若能保住龍脈，一個甲子之後，李唐皇族胡氏一門，當出一個大人物。」

苗君儒明白過來，原來那十六個字中最後的「甲子出川」，指的是一個甲子之後，李唐皇族胡氏一門，當出一個大人物；至於後面的那個川字，就應在考川胡氏一脈？

無塵道長對盤腿而坐的張道玄說道：「道兄，就算你查出這妖屍的來歷，只怕孽龍已經被他們放出來了，我來纏住這妖屍，你陪苗教授進洞……」

張道玄從地上站起，指著那活屍叫道：「孽畜，我已經查出你的來歷，你就是當年那個幫胡三公與大唐太子逃過一劫的武舉人黃柏，後來被官兵查到你幫胡三公一事，要拿你是問，你力戰而亡，全村男女老少盡遭屠戮，你生不逢時，死不瞑目，體內具有千年戾氣，被那日本高人找到，煉成妖屍。就算你不念自己是中國人，只念復生之主，那你當初為何幫胡三公，甘受滅族之禍呢？」

那活屍發出一聲巨吼，吼叫聲似乎充滿了無窮無盡的怨恨。

張道玄脫下身上的道袍，凌空拋去。那道袍懸在空中，袍上的陰陽八卦放射出萬道金光，那金光比陰陽八卦圖更盛。金光下，那具活屍發出一聲聲哀號。

張道玄右手的雙指併成劍指，指尖出現一溜劍光，厲聲道：「孽畜，你還不醒悟麼？」

一道閃電淩空劈下，劈在那具活屍的頭頂。那活屍僵立了片刻，發出一聲震天巨吼，瘋狂地揮舞著雙臂，往岩石上逃了出去，一閃就沒影了。苗君儒提劍正要去追，見山岩落下來兩塊東西，定睛一看，卻是兩具忍者的屍體。

懸在空中的道袍緩緩落下，金光隨即消失，張道玄一副很虛脫的樣子，軟軟地坐在地上。苗君儒急忙奔上前，一把扶住他。

張道玄無力地說道：「我用罡氣劈開了那孽畜的百會穴，他應該有所醒悟了。苗教授，趕快進洞去！記著，關鍵時候，那本《疑龍經》能救你的命！」

在另一邊，無塵道長盤腿而坐，已經閉上了眼睛。

苗君儒進了洞，提著馬燈循著路往前走，走到第一層與第二層相接的地方，就見一堆碎石擋住去路。原來這裏被炸藥炸過，不過並沒有炸塌，仍有一個小洞可供人出入。走到第四層，就聽到下面傳來巨大的龍吟，地面隨之晃動。

好不容易來到第七層的入口，見一個人站在前面，正是和他分開沒多久的日本「玄學大師」上川壽明。此時，上川壽明身邊並沒有第二個人，只有兩支插在洞壁上的松明，發出搖擺不定的亮光。

苗君儒在距離上川壽明四五米遠的地方站定，說道：「龍珠和玉璽都被你們拿到手了，接下來你們要做的，就是釋放出那條孽龍，找到龍葬之地！」

上川壽明說道：「不錯！」

苗君儒說道：「既然你在這裏，那麼到下面的應該是那位白頭髮老者了，告訴我，他到底是誰？」

上川壽明說道：「名字只是一個代號，你又何必知道？」

苗君儒問道：「你們手上的人質，是姓蔣還是姓孔！」

上川壽明說道：「你最好不要知道，對你沒有半點好處。國民黨在這個縣的周圍布下了十萬兵力，硬是不敢往前走一步！」

苗君儒說道：「我知道他們是投鼠忌器！」

上川壽明說道：「苗教授，你是聰明人。你仔細想一想，整件事的前因後果，確實如你想的那樣嗎？」

苗君儒說道：「我也懷疑。如果你們手上的人質姓蔣的話，就更加令人難以置信，也不可思議，你們日本人再怎麼有本事，也不可能把他劫為人質！」

上川壽明冷笑道：「事實上，他確實成了我們的人質！」

苗君儒微微點了點頭，似乎想到了什麼，他說道：「如果我沒有猜錯的話，從我被你們劫持的那一刻起，就已經捲入了一場是非，一場政治上的角逐！雖然我對當局高層的派系鬥爭不太瞭解，但還是聽說了一些。沒有某些人的幫助，你們在中國的活動不可能那麼順利！」

上川壽明點頭說道：「你知道就好！」

苗君儒說道：「我只是一個普通的中國人，不懂政治，我要做的，就是不能讓我的兄弟姐妹淪為亡國奴！」

上川壽明笑道：「好一個正義的中國人！」

苗君儒見上川壽明說話的時候，眼睛一眨不眨地，於是問道：「你的眼睛怎麼了？」

上川壽明說道：「瞎了！」

苗君儒說道：「有所得必有所失，用一雙眼睛換取龍珠，值得嗎？」

上川壽明說道：「無所謂值與不值！苗教授，我早就知道你我之間必有一戰，你能夠走到這裏，一定得到了別人的幫助，以你的本事，一定對付不了我那具鬼魅山魃。」

苗君儒說道：「你是一個瞎子，如果我贏了你，也贏得不光彩。」

上川壽明說道：「無所謂光彩不光彩，只要殺了我，你就能夠進去！」

「要殺你很容易！」苗君儒說道：「但是我不想殺你！」

上川壽明問道：「為什麼？」

苗君儒說道：「如果我沒有猜錯的話，我兒子苗永建和廖清教授被關進縣政府大牢，一定是你安排的。你為什麼要那麼做？」

上川壽明歎了一口氣，說道：「我只想儘快結束這場戰爭，讓活著的人回家。日本，註定會輸！」

苗君儒說道：「既然你已經知道日本會輸，為什麼還要來破我中國龍脈？」

上川壽明苦笑道：「苗教授，有些事情也由不得我自己！其實很多事情，你都可以想得到，我們為什麼要那麼做！」

苗君儒說道：「一基二命三風水，從玄學的角度解釋，一個人能不能成氣候，第一看祖宅，第二是自己的命，第三才是風水，命脈與人相連，相生相輔。民國十五年，湖南省主席何健就派人去韶山挖過龍脈，而你們日本人侵佔浙江後，只派飛機去炸過溪口，並未有進一步的行動，為什麼？難道你們彼此有默契？還有，在重慶我被關的那個地方，距離林園並不遠，依那個白髮老者和你們日本忍者的本事，暗殺一個人，應該不是一件很困難的事，可是你們並沒有那麼做！」

上川壽明沉默不語。

苗君儒順著自己的思路說下去：「剛才你也說過，日本註定會輸，可輸也要輸得有面子。你們要挖的龍脈，並非影響當局的氣運，而是影響一個甲子後的中國。正如你說的，想儘快結束這場戰爭，讓活著的人回家。打了這麼多年的戰，你們日本連十三四歲的孩子都送上戰場了，再打下去，結果會怎麼樣，你們日本的天皇陛下應該很清楚。你們日本人在中國造下的那麼多殺孽，最害怕的就是報應。所以，你們這次行動的真正目的，是想在戰敗後，當局能夠善待你們的士兵，安全讓他們回家。當劉上校不願告訴我人質究竟是什麼人時，我就已經猜到，就算他救不出人質，人質也不會死。你們把人質控制在手裏，其實是一種掩人耳目的行動，那樣的話，誰都無法猜出你們之間的秘密。我說的對不對？」

上川壽明盤腿而坐，低聲說道：「苗教授，我已經輸了！你進去吧！」

苗君儒經過上川壽明的身邊，見他臉上的表情僵硬，忙伸手到他鼻子下一探，卻已經探不到半點氣息。

不虧是玄學大師，居然會以這種方式向天皇盡忠。

苗君儒手持天師鐵劍衝入第七層，一眼就看到洞中間那塊二三十平方大小的水塘，應該就是傳說的龍池了。龍池內的水奇黑無比，翻騰起一個又一個大浪，如同汪洋大海中刮起十級大風。但奇怪的是，那浪只在龍池內翻滾，並不溢出來。從水下射上來一道白光，照見了洞內的一切。

龍池邊上有一塊高約一丈的大石碑，石碑上刻著一張道家的鎮邪符，石碑的下方有一個孔，一條兒臂粗的鐵鍊穿過那個孔，垂入龍池中。

那鐵鍊在水中晃來晃去，發出嘩啦嘩啦的聲音。

一聲聲龍吟，彷彿就來自腳下。

那白髮老者就站在石碑的旁邊，手捧黃綾包裹的玉璽，對苗君儒說道：「你來了就好，把《疑龍經》給我吧？」

還未等苗君儒說話，那白髮老者的身形一晃，已經朝他當胸抓到。他也不示弱，猛劈幾劍，將白髮老者逼退。

白髮老者哈哈大笑道：「龍珠已經給了牠，牠現在應該恢復神力了。沒有經書，我照樣能找到龍葬之地！」

說完後，他一掌拍在那塊石碑上，只見石碑頓時放射出一道金光，碑上的那道鎮邪符居然漸漸消失不見了。

隨著一聲響，石碑斷為幾塊掉落在地上，那條鐵鍊也隨之斷為幾截，滑入龍池中。

霹靂聲起，從龍池中升起一道水柱，那水柱紙上，出現一顆簸箕大小的龍頭，兩顆銅鈴一樣的龍眼，射出懾人的寒光，令人不敢直視。

苗君儒正要持劍上前，突然想起郭陰陽寫在他手心的字，要他護龍。既然要護龍，這孽龍到底殺還是不殺呢？

那龍一見苗君儒手上的天師鐵劍，眼中出現畏懼之色，一個猛子又扎進水裏。原來當年張天師就是拿著這把鐵劍降服孽龍的，孽龍一見鐵劍，自然害怕！

白髮老者一見，忙扯開玉璽上的黃綾，露出裏面的玉璽來。接著，他口念咒語，將玉璽往空中一拋。不料那玉璽拋到空中後，並未出現任何異象，而是直直落到地上，摔成了幾塊。他大驚失色，上前撿起一塊叫道：「這玉璽是假的，假的！」

難怪李明佑死前露出一抹笑意，原來早就知道玉璽是假的。要想找到真正的玉璽，哪有那麼容易？

一陣陣龍吟之聲從池子裏傳來，池子裏的水如煮開了一般，冒起陣陣煙霧。

孽龍洞外，游勇慶扶著張道玄站起身，兩人驚異地望著群山之巔上方的雲層，見雲層之中出現一道道閃電，烏雲翻滾，狂風怒吼，天地已經變色。

張道玄喃喃道：「那條孽畜就要出來了！」

游勇慶問道：「道長，我們怎麼辦？」

張道玄說道：「龍出水而氣震山河，這座山要塌了，背上道兄，我們走！」

游勇慶上前背起無塵道長，和張道玄一同向山下走去。

一個高大的身影從岩石上跳下，身手敏捷地衝入洞中。

洞內。

苗君儒和白髮老者相對而立，手中的天師鐵劍熠熠生輝。

白髮老者說道：「沒有御封龍印，我照樣能找到龍葬之地。」

苗君儒問道：「你憑什麼找到龍葬之地？」

白髮老者說道：「用你手上的那把天師鐵劍殺了這條孽龍，依靠兩本經書，勾出龍魂，就能找到龍葬之地。」

一股強大的力道向苗君儒襲來，他後退了幾步，剛要揮劍，只覺得胸口傳來一陣劇痛，身體頓時飛起，撞在洞壁上。他掙扎著起身，見手中的鐵劍已經到了

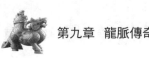

白髮老者的手裏。他不顧一切地向前一撲，死死抱住白髮老者。

白髮老者調轉劍尖，朝苗君儒的後心刺下。

苗君儒這一撲，已經抱定必死的決心，當他聽到白髮老者大叫著揚劍朝自己刺下，已知自己必死無疑，大腦內瞬間一片空白。

白髮老者的劍尖離苗君儒的後心還有兩寸的時候，從兩人緊依著的地方閃現一道刺目的白光。那白光透過了兩人的身體，照射在洞壁上，隱約可見上面有字跡。

是《疑龍經》和《撼龍經》。

白髮老者大叫著將苗君儒死命推開，見兩人胸口的衣服都已經被燒出了一個大洞，兩本經書已經合在了一起，懸在了空中。

原來白髮老者與苗君儒那一番交手，早已經激發了潛於體內的三味真火，將兩本書都燒著了。

白光中，一個個立體的文字從經書上漂浮起來，漸漸向上面聚攏，形成一個刺眼的圓球。洞中響起一陣渾厚而莊嚴的道號，道號中，那一聲聲龍吟，似乎有了懺悔之意，龍池中的水居然漸漸變清了。

白髮老者驚異地叫道：「這才是真正的龍珠！」

他縱身上前，一把抓向那圓球。就在這時，一道黑影從旁邊掠出，凌空抱住白髮老者。

苗君儒看清那黑影的樣子，居然就是在洞口堵住他的那具活屍。

白髮老者右手持劍，朝活屍一劍劈下，而活屍張開血盆大口，死死咬在了白髮老者的脖子上。

那圓球越來越大，漸漸向上升去，一聲震天霹靂，整個山洞搖晃起來，圓球以一種不可思議的速度，筆直往上衝了出去，在岩石上衝出一個五尺見方的大洞，直透天宇。

那具活屍被天師鐵劍劈中，一股黑氣沖天而起，洞內響起一個男人很豪邁的笑聲。兩個人的身體在空中糾纏了一陣，落入龍池之中，瞬間被池水淹沒。

一道金光從龍池內透出，龍吟聲中，一條兩丈來長，渾身金光閃閃的巨龍，從龍池內躍出，在洞頂盤旋了一個圈，往那個洞鑽了出去。

山崩地裂之間，無數塊大石從洞頂落下……

在洞外的一個山坡上，張道玄仰頭望著那條漸漸消逝在雲層中的金光，喃喃說道：「黑者乃孽龍，金者乃祥龍也。此龍困於龍池之內達兩千餘年，無法升天，早有悔意。今日得道家真經相助，已悔過自新成為金龍，一舉升天。一個甲子後，中國定當盛世。道兄郭陰陽的修為，乃在我之上，枉我還想用天師鐵劍鎮住此龍，慚愧呀慚愧！」

游勇慶望著對面那巨石翻滾而下的山頂，哭道：「苗教授還在裏面呢！」

張道玄說道：「你放心，苗教授命不該絕！」

第十章

歷史塵埃

劉勇國道：「苗教授，很多事情不一定要知道答案。
我敬重你的為人，所以我下不了手，但是……」
他突然調轉槍口，對準自己的太陽穴勾動了扳機。
槍聲過後，他的屍體倒在石台的邊上。

一九四五年三月十五日清晨。

苗君儒從亂石中爬了出來，當他和游勇慶趕到考水村時，只見村頭白幡飄飄，紙錢飛舞，全村兩百多個死於這場浩劫的村民們，全都擺放在被燒毀的祠堂之中。

胡德謙全身縞素，領著全村剩下的村民，齊刷刷跪在祠堂前面的石板地上。在祠堂的邊上，還有三百多具屍體，都是與日軍作戰而犧牲的人，其中包括那個姓鄭的連長。

方志標帶著打剩下的一百多個人，肅容而立，然後槍口向天連開三槍，以槍聲代表心中的敬意。那槍聲在連綿的山谷間久久迴響著，顯得悠長而不屈。

上完三炷香，苗君儒帶著廖清和苗永建離開，當他們走到維新橋頭時，迎面遇上了身穿上校軍服的劉勇國。

劉勇國說道：「請你們迴避一下，我和苗教授有話要說！」

兩人往前走了一段路，站在一處石台上，遙望著對面的鳳形山。

苗君儒問道：「你想說什麼？」

劉勇國問道：「對於這件事，你知道多少？」

苗君儒說道：「有些事情，即使做得再隱秘，也有露出破綻的時候，其實我不想捲入這件事，可你們卻讓我捲入了。你們那麼做的目的，無非是想讓這件事更加充滿神秘的色彩。只是你們沒有想到的是，這世界上，確實有很多無法用科學解釋的奇異事件。」

他背對著劉勇國，看著對面的鳳形山，繼續說道：「就拿那座八卦墳來說，如果不是郭陰陽把他的本事傳給我，我也無法看出其中的玄妙來！」

劉勇國從腰間拔出手槍，瞄準苗君儒，繼續問道：「你還知道什麼？」

苗君儒說道：「日本人手裏的人質，就算你不去救他，他也不會死。因為日本人不可能殺他，原因很簡單，不久的將來，日本戰敗之後，最起碼有幾十萬戰俘留在中國。日本的高層人物必須讓他們回去，否則……」

他轉過身，看到了黑洞洞的槍口。

劉勇國無力地說道：「對不起，苗教授！」

苗君儒說道：「我知道，知道這件事的人都要死，包括你在內！我在浮梁縣境內看到整個村子的人都被你們殺了，開始還弄不明白是怎麼回事，現在終於想明白了。日本人為了配合你們，不讓消息洩露出去，凡是人質停留過的村子，只要被村民見過人質，就不惜派軍隊殺了整個村子的人。我想，從重慶到婺源，這一路上，有很多村子都發生了那樣的慘劇。為了掩蓋你們之間的秘密，不惜死那麼多人，值得嗎？現在我想知道，你和那個日本高級特工之間，到底有沒有展開過一場生死相拚？」

劉勇國苦笑道：「苗教授，很多事情不一定要知道答案。我敬重你的為人，所以我下不了手，但是……」

他突然調轉槍口，對準自己的太陽穴勾動了扳機。槍聲過後，他的屍體倒在石台的邊上。

聽到槍聲的苗永建和廖清急忙趕過來，看到了地上的屍體，驚道：「怎麼了？」

苗君儒淡淡地說道：「沒什麼，他只不過做了應該做的事。他一死，就沒人知道這件事背後的真相。」

三月十五日中午，婺源縣長汪召泉在自己的辦公室內自殺身亡。沒有人知道他的死因。用不了幾天，將有一位新縣長到婺源上任。

考水村死難的村民葬在鳳形山斜對面的山谷中，那些為抵抗日本人而戰死的外姓人，則被葬在鳳形山左邊的山谷裏。

在村子西面那座被燒毀的小廟旁邊，孤伶伶地豎著一座墳。此後每年的清明節，都可見一個佝僂著身體的老人，蹣跚著來到墳邊，一邊上香一邊咒罵著誰都聽不懂的話。

一個月後，一個砍柴的村民在山上的一棵大樹下發現了一具已經腐爛的骸骨，那村民認得骸骨身上穿的皮衣，是那個到過村裏的外國老頭穿的。

這個叫卡特的外國人怎麼會死在這裏，沒有人知道。

很多事情都是沒有答案的，回到重慶的苗君儒，在休息了幾天後，重新走上了教台。沒有人問他失蹤後的那段時間去了哪裏，做過什麼。

有關傳國玉璽的事情，他絕口不提。他有時候做夢，夢到那張被燒毀的拓片，也許傳國玉璽的下落，就在那張拓片上，只是沒有辦法再去尋找了。

在婺源北邊的山上，活躍著一支兩百多人的新四軍皖贛邊區大隊。據說這股游擊隊裏有兩個神槍手，指眼睛絕不打鼻子。

大隊長程順生一次在酒醉之後，說自己這條命是揀回來的。當年他帶著皖贛邊區大隊二支隊的上百個隊員，守在孽龍洞兩邊，不讓日本人進去，結果後面來了一股一兩百人的日軍，打了一天一夜之後，他們被上百個日軍壓制在孽龍洞旁邊的山谷裏，到後來，他身邊只剩下一兩個人，這個時候，突然出現一個很高大的黑影，把那些日本人殺得七零八落，一個都沒剩下。

幾乎沒有人相信他的話，不過有一個人相信，就是遊擊隊的另一個神槍手游勇慶。

日本戰敗之際，很多不甘心失敗的日軍將士，不惜剖腹自殺，以顯日本武士道精神。有一個人也在這一天選擇了這種方式結束了自己的生命，他就是陸軍參謀本部的磯谷永和大佐。

一九五二年，一個名叫小野一郎的人，死在自己位於橫濱的寓所裏，據警方現場勘察，小野一郎是被殺的，但此案一直懸而未破。

三十年後，日本解密了一批檔案，其中一份檔案提到，一九四四年，「易學部」受前首相東條英機所托，派出了「玄學大師」上川壽明，來中國執行「特別」任務。

後來，上川壽明發函給接替東條英機成為首相的小磯國昭，要小磯國昭去北海道請出隱居多年的玄學前輩，也就是白髮老者大島明夫。

大島明夫年輕的時候，確實與流亡日本的孫中山等人交往過，與宋嘉樹的關係也不錯。後來他淡薄名利，潛心研究玄學，一心清修，所以不單是中國人，就是日本人，知道他的人也不多。難怪苗君儒見到大島明夫的時候，並不知道對方究竟是什麼人。

大島明夫被小磯國昭那番鼻涕眼淚的哭訴所感動，出於對大和民族的摯愛，他不顧八旬的高齡，毅然出山。

這些人來到中國後究竟執行什麼任務，檔案中並未說明。

檔案中還附有一份何應欽在接受日本投降時簽署的文件，文件中的一條，就是中方必須善待日本戰俘，保證其安然返鄉。

事實上，中國確實是那麼做的。

中國為什麼要那麼做，難道僅僅是站在大國的角度上，以德報怨嗎？那麼，屈死在日軍鐵蹄下的數千萬同胞，他們的冤魂如何能安息？

沒有人知道答案！

一九八五年，一個學者偶爾從一篇蔣介石貼身侍從官寫的日記中，看到這樣的一段文字：

……那天晚上，不知道為什麼，我居然聽到總裁的臥室裏有兩個人在說日本話，他們說得很快，根本聽不清，其中一個人聲音好像是總裁……後來警衛營的人來了，鬧了一夜，說是來了日本刺客……

據史料記載，蔣介石曾經在日本振武學校讀過書，會說流利的日語。那天晚上他在和什麼人說話，說的是什麼內容，沒有人知道。

所有的真相，都將伴隨歷史的腳步，成為永遠的謎。

（本故事乃作者虛構，如有雷同，純屬巧合）

更多苗君儒懸疑考古系列　請續看《搜神異寶錄13　盜墓天書》

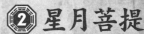

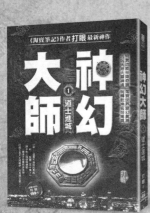

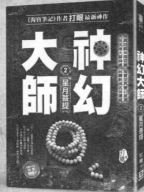

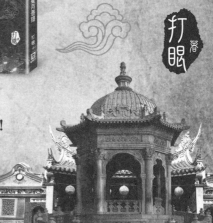

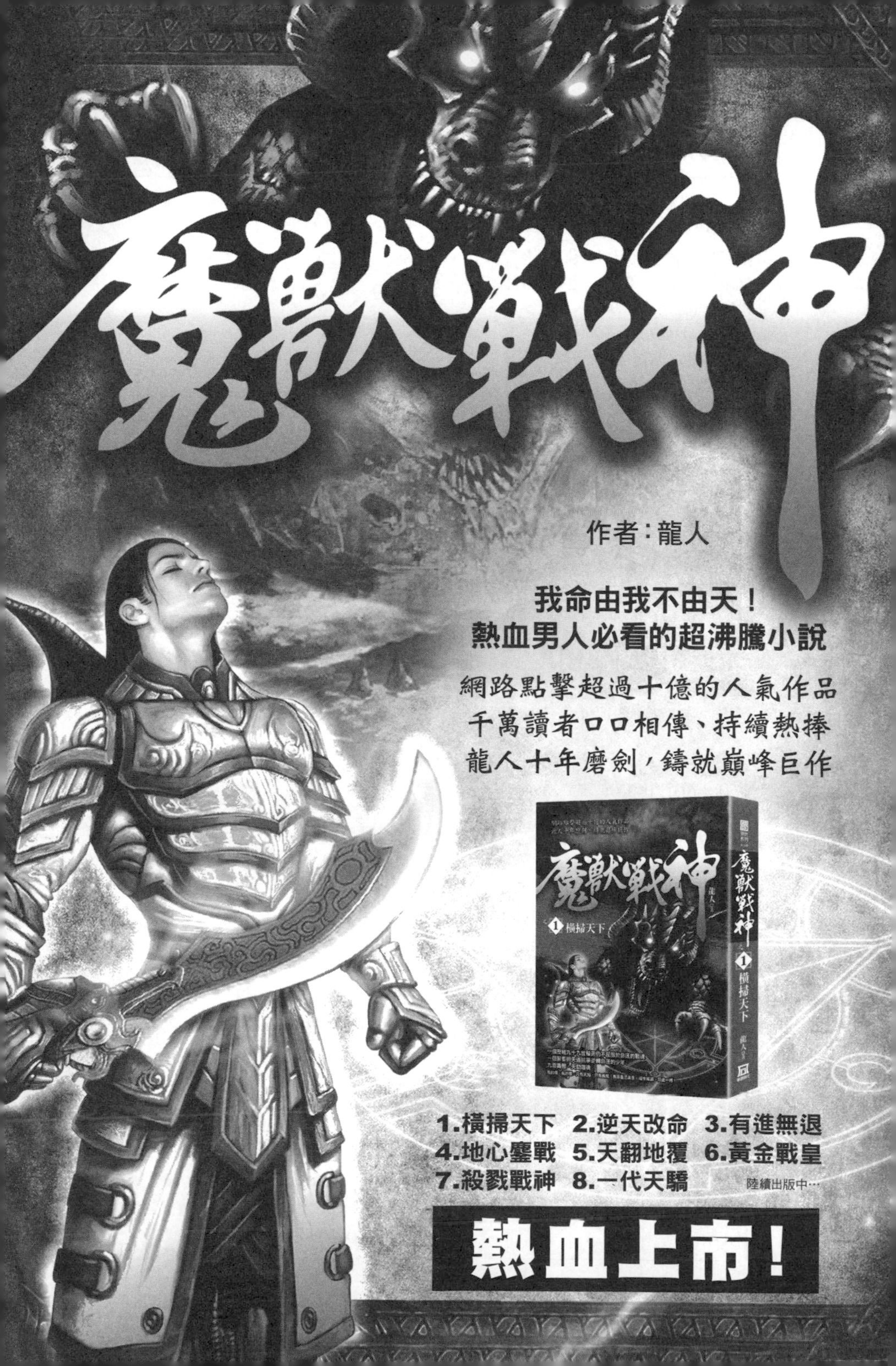
魔獸戰神
作者：龍人
我命由我不由天！
熱血男人必看的超沸騰小說
網路點擊超過十億的人氣作品
千萬讀者口口相傳、持續熱捧
龍人十年磨劍，鑄就巔峰巨作
魔獸戰神
1 橫掃天下
1.橫掃天下 2.逆天改命 3.有進無退
4.地心鏖戰 5.天翻地覆 6.黃金戰皇
7.殺戮戰神 8.一代天驕
陸續出版中…
熱血上市！

搜神異寶錄 之12 傳國玉璽

作者：婆源霸刀
發行人：陳曉林
出版所：風雲時代出版股份有限公司
地址：10576台北市民生東路五段178號7樓之3
電話：(02) 2756-0949
傳真：(02) 2765-3799
執行主編：劉宇青
美術設計：許惠芳
行銷企劃：邱琮傑、張慧卿、林安莉
業務總監：張瑋鳳

初版日期：2017年12月
初版二刷：2017年12月20日
版權授權：吳學華
ISBN ：978-986-352-475-5
風雲書網：http://www.eastbooks.com.tw
官方部落格：http://eastbooks.pixnet.net/blog
Facebook：http://www.facebook.com/h7560949
E-mail：h7560949@ms15.hinet.net
劃撥帳號：12043291
戶名：風雲時代出版股份有限公司

風雲發行所：33373桃園市龜山區公西村2鄰復興街304巷96號
電話：(03) 318-1378
傳真：(03) 318-1378
法律顧問：永然法律事務所 李永然律師
北辰著作權事務所 蕭雄淋律師

行政院新聞局局版台業字第3595號 營利事業統一編號22759935

定價：280元 特惠價：199 元

國家圖書館出版品預行編目資料

搜神異寶錄 ／ 婆源霸刀 著. -- 初版. -- 臺北市：
風雲時代，2017.06- 冊；公分

ISBN 978-986-352-475-5（第12冊；平裝）

857.7 106006481